白色並不像是完全無色的一種顏色

打開傳說中的書
About ClassicsNow.net

關鍵時間、人物、地點,在書前有簡明要點。

「1.0」:以跨越文字、繪畫、攝影、圖表的多元角度,破解經典的神秘符號。

「2.0」:以圖像來重現原典,或者重新做創作性的詮釋。

　　大約一百年前,甘地在非洲當律師。有天,他要搭長途火車,朋友在月台上送了他一本書。火車抵站的時候,他讀完了那本書,知道自己的未來從此不同。因為,「我決心根據這本書的理念,改變我的人生。」

　　日後,甘地被稱為印度聖雄的一些基本理念與信仰,都可溯源到這本書*。

　　◎

　　閱讀,可以有許多收穫與快樂。

　　其中最神奇的是,如果我們有幸遇上一本充滿魔力的書,就會跨進一個自己原先無從遭遇的世界,見識到超出想像之外的天地與人物。於是,我們對人生、對未來的認知與準備,截然改觀。

　　◎

　　充滿這種魔力的書很多。流傳久遠的,就有了「經典」的稱呼。

　　稱之為「經典」,原是讚嘆與敬意。偏偏,敬意也容易轉變為敬畏。因此,不論中外,提到「經典」會敬而遠之,是人性之常。

　　還不只如此。這些魔力之書的內容,包括其時間與空間的背景、作者與相關人物的關係、遣詞用字的意涵,隨著物換星移,也可能會越來越神秘,難以為後人所理解。

　　於是,「經典」很容易就成為「傳說中的書」──人人久聞其名,卻沒有機會也不知如何打開的書。

我們讓傳說中的書隨風而逝，作者固然遺憾，損失的還是我們。

每一部經典，都是作者夢想之作的實現；每一部經典，都可以召喚起讀者內心的另一個夢想。

讓經典塵封，其實是在封閉我們自己的世界和天地。

◎

何不換個方法面對經典？何不讓經典還原其魔力之書的本來面目？

這就是我們的想法。

因此，我們先請一個人，就他的角度，介紹他看到這部經典的魔力何在。

再來，我們以跨越文字、繪畫、攝影、圖表的多元角度，來打開困鎖住魔力之書的種種神秘符號。

然後，為了使現代讀者不會在時間和心力上感受到太大壓力，我們挑選經典原著最核心、最關鍵的篇章，希望讀者直接面對魔力之書的原始精髓。此外，還有一個網站，提供相關內容的整合、影音資料、延伸閱讀，以及讀者互動的可能。

因為這是從多元角度來體驗經典，所以我們稱之為《經典3.0》。

◎

最後，我們邀請的就是讀者，您了。

您要做的唯一的事情，就是對這些魔力之書的光環不要感到壓力，而是好奇。

您會發現：打開傳說中的書，原來就是打開自己的夢想與未來。

「3.0」：經典原著中，最關鍵與最核心的篇章選讀。

ClassicsNow.net網站，提供相關影音資料及延伸閱讀，以及讀者的互動。

*那本書是英國作家與思想家羅斯金（John Ruskin）寫的《給未來者言》（*Unto This Last*）。

經典3.0
ClassicsNow.net

淒麗地航向未知

白鯨記
Moby Dick

梅爾維爾 原著

劉克襄 導讀

查理宛豬 2.0繪圖

他們這麼說這本書
What They Say

插畫：林鎮酊

梅爾維爾的文學
成就遠勝愛倫·坡
與馬克·吐溫

毛姆 William Somerset Maugham

📅 1874～1965

💬 橫跨好萊塢劇作家與小說家領域，知名作品有《人性的枷鎖》、《月亮與六便士》，並著有文學評論《世界十大小說家及其代表作》。他將《白鯨記》列為世界十大文學名著之一，視其為美國文學的代表作，在他眼中，梅爾維爾的文學成就遠勝愛倫·坡與馬克·吐溫。

劉克襄

📅 1957～

💬 這本書的導讀者劉克襄為當代重要的自然書寫者，創作文類多元，作品結合人文關懷、自然觀察與歷史研究。他認為「皮庫德號」是一艘滿載各種隱喻、明喻、顯喻和暗喻的船，航向一個未知生死的不安海域，並指出《白鯨記》基本上是一個邪惡的隱喻，他說：「然而我認為今日它的存在其必要恐怕得更加彰顯，因為它的不好存在，反而是帶給整個社會一種對人性美善的警示與提醒。」

帶給整個社會一種對人
性美善的警示與提醒

《白鯨記》可以
說是美國兩部史
詩中之一

范道倫 Carl Clinton van Doren

📅 1885～1950

💬 美國文學評論家，曾獲普立茲獎，從事美國文學研究，著有《美利堅的文學》、《當代美國小說家》等書。他是首位極力讚揚《白鯨記》的評論家，他說：「在這本書裏，可以看見那種不顧危險的人類意志，正和兇惡的大自然在搏鬥，不是在文靜的思想上的搏鬥，而是在充滿旋風和雷電的實際行動上搏鬥。因此，《白鯨記》可以說是美國兩部史詩中之一。」

勞倫斯 D. H. Lawrence

📅 1885～1930

💬 英國作家，對於性愛與情感的露骨描寫引發極大爭議，但無可否認是二十世紀英國文學中的重要人物，代表作品有《查泰萊夫人的情人》。他在《勞倫斯論美國名著》中指出《白鯨記》是一段精彩的航行，過人之處在於作者自身的海洋探險經歷，認為這是一本美好的、意義深刻卻又帶來極度震撼的小說！

這是一本
美好的、意義深刻
卻又帶來
極度震撼的小說

李家同

📅 1939～

💬 曾任暨南大學校長，長期關懷教育議題並投入公益活動，著有《讓高牆倒下吧》、《幕永不落下》等書。他認為《白鯨記》旨在描述人類意志與自然律的關係，但不是直接的教訓，而是以生動的情節鋪陳一個深刻的思索空間。

以生動的情節
鋪陳一個深刻的
思索空間

你

📅 ?

💬 在二十一世紀此刻的你，讀了這本書又有什麼話要說呢？請到ClassicsNow.net上發表你的讀後感想，並參考我們的「夢想實現」計畫。

你要說些什麼？

書中的一些人物
Characters

插畫：林鎮酗

? 書中的第一人稱，是故事的觀察者、回憶者與講述者。他的名字有「放逐」之意，而其迷人之處亦在於流浪性格。由於到南塔克特當水手，因旅館客滿而與魁魁格同住，此後一同上「皮庫德號」工作且至遠洋捕鯨，開啟了一連串驚險的海上航行之旅，並與魁魁格結下深厚友情。

以實瑪利
Ishmael

亞哈船長
Ahab

? 「皮庫德號」捕鯨船的船長，由於先前被一隻叫莫比‧狄克（**Moby Dick**）的鯨魚奪去了一條腿，便以鯨魚骨做成義肢，並且極度痛恨這條鯨魚，以出海捕鯨的名義，實則亟欲殺掉這條白鯨。他的執著與信念，因而造成《白鯨記》裏走向覆滅的命運，成為悲劇性人物的代表。

? 科科伏柯島（南太平洋島上食人族）的王子，處在種族歧視嚴重的美國社會，他的有色人種身分使他招致許多鄙夷。他在「皮庫德號」上擔任魚叉手的工作，由於以為自己即將病死而製作一副棺木，在日後意外拯救以實瑪利，成為書中具有濃厚宗教意味的象徵。

魁魁格
Queequeg

大副斯達巴克
Starbuck

📅 ?

💬 「皮庫德號」捕鯨船的大副，個性沉著冷靜、聰明睿智並且愛好咖啡。他曾質疑亞哈船長對於獵殺白鯨的瘋狂，但是掙扎於航海專業與服從船長權威的衝突中，他最終選擇後者，忠於自己身為大副的任務，也使「皮庫德號」航向無可挽回的悲劇。

📅 ?

💬 為「皮庫德號」的二副，來自鱈魚角。他總以抽煙斗的形象出現，也總是微笑待人，雖未受過良好教育，然而其樂觀性格與開朗特質，透露了日常生活裏深刻的哲思與智慧。

二副斯塔布
Stubb

📅 ?

💬 一條巨大的抹香鯨，奪去了亞哈船長的一條腿，成為其亟欲報復的對象，促成了「皮庫德號」的航行。雖然《白鯨記》以其為名，然而它僅出現在小說的最後部分，並且毀滅了「皮庫德號」。白鯨在這本書中具備多重隱喻與意義，往往被詮釋為海洋、大自然、命運等象徵，指涉了複雜的議題。

莫比‧狄克
Moby Dick

這本書的歷史背景
Timeline

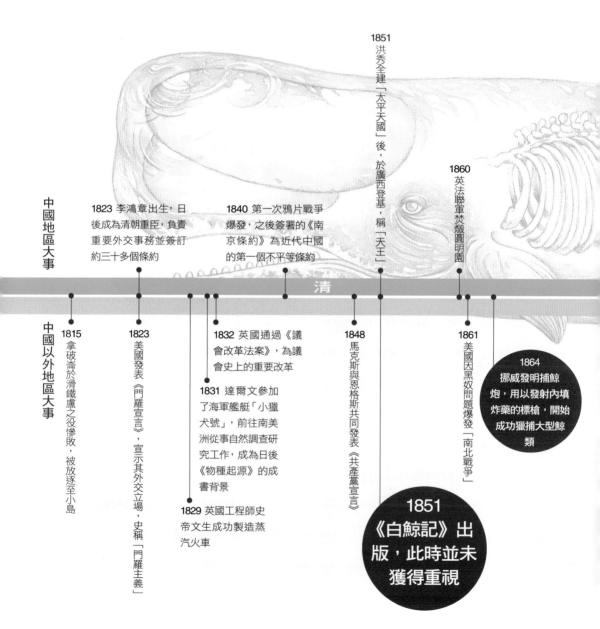

1851
洪秀全建「太平天國」後，於廣西登基，稱「天王」

1860
英法聯軍焚燬圓明園

中國地區大事

1823 李鴻章出生，日後成為清朝重臣，負責重要外交事務並簽訂約三十多個條約

1840 第一次鴉片戰爭爆發，之後簽署的《南京條約》為近代中國的第一個不平等條約

清

中國以外地區大事

1815
拿破崙於滑鐵盧之役慘敗，被放逐至小島

1823
美國發表《門羅宣言》，宣示其外交立場，史稱「門羅主義」

1832 英國通過《議會改革法案》，為議會史上的重要改革

1831 達爾文參加了海軍艦艇「小獵犬號」，前往南美洲從事自然調查研究工作，成為日後《物種起源》的成書背景

1829 英國工程師史帝文生成功製造蒸汽火車

1848
馬克斯與恩格斯共同發表《共產黨宣言》

1861
美國因黑奴問題爆發「南北戰爭」

1864
挪威發明捕鯨炮，用以發射內填炸藥的標槍，開始成功獵捕大型鯨類

1851
《白鯨記》出版，此時並未獲得重視

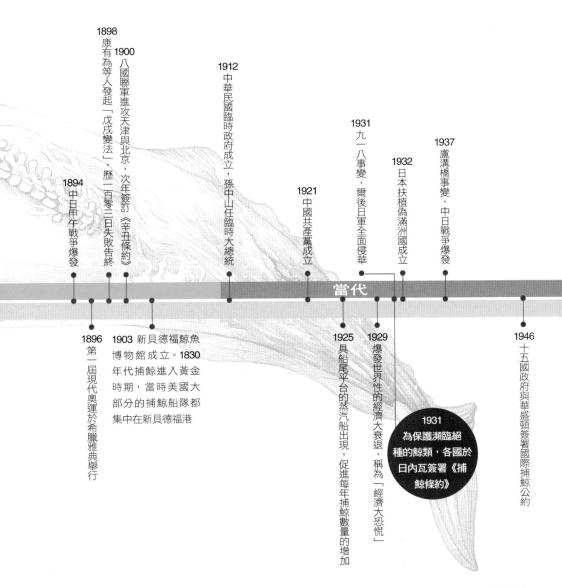

1898
康有為等人發起「戊戌變法」，歷一百零三日失敗告終

1900
八國聯軍進攻天津與北京，次年簽訂《辛丑條約》

1912
中華民國臨時政府成立，孫中山任臨時大總統

1931
九一八事變，爾後日軍全面侵華

1937
盧溝橋事變，中日戰爭爆發

1894
中日甲午戰爭爆發

1921
中國共產黨成立

1932
日本扶植為滿洲國成立

當代

1896
第一屆現代奧運於希臘雅典舉行

1903 新貝德福鯨魚博物館成立。1830年代捕鯨進入黃金時期，當時美國大部分的捕鯨船隊都集中在新貝德福港

1925
具船尾平台的蒸汽船出現，促進每年捕鯨數量的增加

1929
爆發世界性的經濟大衰退，稱為「經濟大恐慌」

1931
為保護瀕臨絕種的鯨類，各國於日內瓦簽署《捕鯨條約》

1946
十五國政府與華盛頓簽署國際捕鯨公約

查理兜豬 繪

7

這位作者的事情
About the Author

1851
《白鯨記》出版，並未獲得重視，但之後仍持續出版小說作品

1842
傳說遭到南太平洋上的泰皮族俘虜，脫逃後在澳大利亞的捕鯨船上工作，這段經歷在之後成為小說《泰皮》

1841
成為捕鯨水手，航向南太平洋，成為日後《白鯨記》的背景

1844 在波士頓靠岸，定居麻州，之後開始從事小說創作，並陸續出版《泰皮》、《歐穆》等小說

1866 擔任海關檢查員以謀生，並陸續自費出版詩集

1837 以侍者身分至船上工作，從紐約橫渡大西洋至英國利物浦，這段經歷日後見於小說《雷得本》中

1843 加入美國海軍，至「美國號」上服役

1833 離開學校至銀行工作

1850 偕妻子遷居至麻州的一處農場，結識霍桑，並開始創作《白鯨記》

作者的事情

1819 出生於美國紐約，因父親破產而家道中落

清

當時其他人的事情

1813 珍·奧斯汀出版《傲慢與偏見》

1830 法國小說家司湯達出版寫實主義小說《紅與黑》

1835 法國小說家巴爾札克完成《高老頭》

1837 美國思想家愛默生發表《論自然》，被視為超驗主義的代表

1844 大仲馬完成經典冒險小說《基度山恩仇記》

1856 法國作家福樓拜始於報刊連載《包法利夫人》，為其代表作

1852《湯姆叔叔的小屋》出版，深刻影響美國奴隸制度

1850 英國作家狄更斯完成《塊肉餘生記》，美國作家霍桑出版《紅字》

1849 美國作家愛倫·坡發表著名詩作《安娜貝爾·李》

1847 愛彌麗·勃朗特出版其生平唯一的作品《咆哮山莊》，夏綠蒂·勃朗特出版《簡愛》

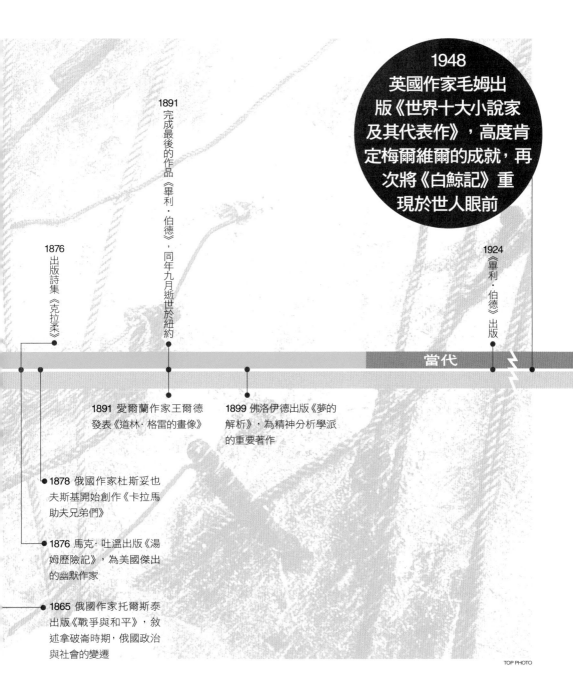

1948
英國作家毛姆出版《世界十大小說家及其代表作》，高度肯定梅爾維爾的成就，再次將《白鯨記》重現於世人眼前

1891
完成最後的作品《畢利‧伯德》，同年九月逝世於紐約

1876
出版詩集《克拉柔》

1924
《畢利‧伯德》出版

當代

1891 愛爾蘭作家王爾德發表《道林‧格雷的畫像》

1899 佛洛伊德出版《夢的解析》，為精神分析學派的重要著作

1878 俄國作家杜斯妥也夫斯基開始創作《卡拉馬助夫兄弟們》

1876 馬克‧吐溫出版《湯姆歷險記》，為美國傑出的幽默作家

1865 俄國作家托爾斯泰出版《戰爭與和平》，敘述拿破崙時期，俄國政治與社會的變遷

TOP PHOTO

這本書要你去旅行的地方
Travel Guide

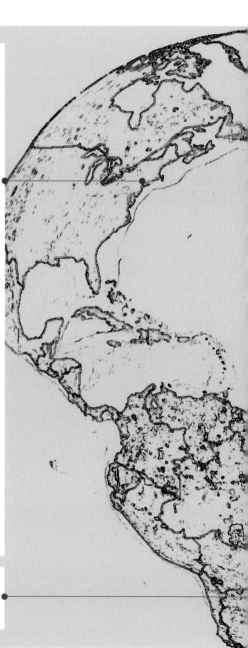

美國

Bobak攝影

● **麻州 南塔克特**

麻州南部的島嶼,為早期捕鯨業的中心,《白鯨記》以此地為捕鯨航行的開端。

TOP PHOTO

● **麻州 箭頭博物館**

梅爾維爾在麻州匹茲菲爾德的居所,是他創作《白鯨記》與許多作品的地方,現為博物館,並提供旅遊導覽與相關資訊。

TOP PHOTO

● **麻州 新貝德福捕鯨博物館**

梅爾維爾曾由新貝德福港口出發,開啟南太平洋的旅程。捕鯨博物館建立於1903年,源於新貝福德港為19世紀的捕鯨重鎮,蒐集許多關於捕鯨與鯨魚的相關知識,目前每年一月都會舉辦二十五小時不間斷的《白鯨記》馬拉松閱讀大賽。

● **紐約 奧爾班尼學院**

梅爾維爾曾二度於奧爾班尼學院求學,分別是1830 ～ 1831年與1836 ～ 1837年。奧爾班尼學院創建自1813年,原僅招收男學生,至2007年實施男女合校。

● **紐約 格林威治村**

梅爾維爾於紐約的住所,現今在東26街104號的建築外以名牌標示,為其書迷的朝聖地。

● **夏威夷**

梅爾維爾曾跟隨捕鯨船至夏威夷,並在當地工作四個月,之後便加入美國海軍,至軍艦上服役。

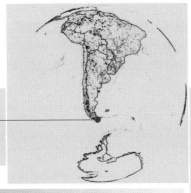

智利

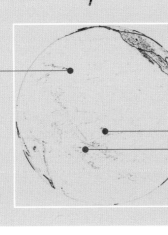
TOP PHOTO

● 合恩角
梅爾維爾所在的捕鯨船曾航行至合恩角附近,持續向南太平洋航行。合恩角位於南美洲智利火地群島南端的陸岬,被認為是南美洲的最南端,隔海與南極相望,其航道的海況惡劣,有「海上墳場」之稱。

法屬玻里尼西亞

● 馬克薩斯群島
梅爾維爾曾於1842年至馬克薩斯群島的其中一個市鎮 "Nuku-Hiva" 短暫居住三週,與當地原住民的相處經驗使他完成小說《泰皮》。現今的馬克薩斯群島是在十九世紀被併入法國領土,人口約有八千餘人。

● 社會群島 大溪地
梅爾維爾的小說《歐穆》即以社會群島中的大溪地為背景。社會群島名稱源自派遣庫克船長探索世界的英國皇家學會,其中的大溪地為著名旅遊勝地,法國印象派畫家高更即在此處創作了以大溪地為名的知名畫作。

TOP PHOTO

Robert Preinfalk攝影

経典3.0
ClassicsNow.net

目錄 凄麗地航向未知 白鯨記
Contents

封面繪圖：林鎮酢

白鯨象徵某種人類所追尋的理想，或可稱為經濟、宗教上的意涵。殺死白鯨代表的不僅是征服大自然，而是象徵著人所達到的某種社會地位或目的。亞哈船長為何亟欲殺死大白鯨？因為尊嚴的緣故。他覺得被白鯨咬斷腿是種羞辱，必須殺掉白鯨才能奪回自己的尊嚴，這即是航海人的英雄主義式的心境。他的單純念頭所造成的結果，非大勝即慘敗。

當我們看到銀河那白色的深淵的時候，是不是可以説它是藉著它的無定量性來遮掩宇宙的無底的空虛和無根的空間，又暗地裏懷著消滅我們的惡意來傷害我們呢？還是説，就本質説來，白色並不像是完全無色的一種顏色；同時又是各種顏色的具體物，是不是説，因此我們就認為，在一大片雪景中，就有這樣一片意義深長的、沒有光彩的空白——一種我們所害怕的毫無色彩的、而又非常具有色彩的無神論呢？

1.0

導讀

劉克襄

作家。長期從事自然觀察、攝影與繪畫，研究自然誌、旅行歷史與古道研究。
著有小說、詩集、散文，
包括：《十五顆小行星：探險、漂泊與自然的相遇》
《永遠的信天翁》、《台灣詩人選集62劉克襄集》、《11元的鐵道旅行》等。

要看導讀者的演讀，請到ClassicsNow.net

（上圖）梅爾維爾（Herman
Melville, 1819～1891）肖像。

《白鯨記》是一本以捕鯨為題材的小說。在捕鯨的過程
裏，出現在書中的「皮庫德」號，幾乎繞行了整個南半球，
內容主旨具備了國際觀。

這艘船牽扯的面向廣泛而繁複，遠遠超乎我的預期。
許多議題不僅牽涉自然環境的問題，而且還關乎人性最
底層的諸多幽微意識。此一議題的探討，雖然百年來的
文學論述多有著墨，但較少放置在生態保育這一面向，因
此我們應該還有許多可以持續追述的空間。

首先，我有一赤裸裸的好奇，必須在文章一開始的時候，
即向讀者叩問：面對一本一百五十年前的捕鯨小說，我們要
如何以現代的生態保育知識評量？

從文學經典的價值評估，我們難免也要重新質問：「一甲
子前，為何這本書是世界十大小說之一？現在呢？」這本書

剛出版的時候並不暢銷，但是在埋藏七十年之後，何以成為
這麼暢銷的小說？這些直截了當的簡單議題，和那些曠達的
文學歷史疑惑，也都在閱讀過程裏，慢慢浮現。彷彿一趟遠
洋的旅程。

經典的定義：隱喻與未知

　　無庸置疑地，在全世界書寫海洋的作品中，很多人的腦
海中浮現的第一本作品勢必是《白鯨記》。《白鯨記》不僅
是十九世紀第一流的小說作品，倘若從晚近四、五十年的自
然書寫角度來看，此書也是被公認為「自然寫作」（Nature
Writing）的經典。

　　然而，《白鯨記》為何經典？為何一流？

　　針對這個問題，我有一個簡單的定義：它是一艘滿載各種

（上圖）抹香鯨悠遊於海面，
Richard Ellis繪。人類捕鯨的
歷史約起源於三千多年前，
於十七至十八世紀時達到頂
峰，當時的捕鯨業平均一年
約可提煉五萬桶鯨油，可見
捕鯨規模的龐大。

毛　姆（William Somerset Maugham, 1874～1965）英國著名的小説家與劇作家。年輕時曾在倫敦學醫，畢業後當了一段時間的婦產科醫生，期間以從醫經歷，寫作首部長篇小説《蘭貝斯的麗莎》（*Liza of Lambeth*），甫推出便成績不俗，鼓舞了他棄醫從文，從此專心筆耕，一寫七十年。毛姆的寫作時間長，創作量驚人，幾乎每一部小説和劇作，都能得到巨大的回響。其中最為人耳熟能詳的作品，包括揭露上層社會爾虞我詐、道德墮落的諷刺劇本《比我們高貴的人們》、《堅貞的妻子》；以對作者深具影響力的人物為原型所創作的小説，如以法國畫家高更為原型的《月亮與六便士》（*The Moon and Six Pence*）、以英國作家哈代為原型的《尋歡作樂》（*Cakesandale*），以及帶有自傳色彩的《人性的枷鎖》（*Of Human Bondage*）。毛姆的作品從不艱澀，但總能在詼諧平常的敘述中，呈現深刻的觀點，引發讀者思考。

TOP PHOTO

（上圖）毛姆曾經評《白鯨記》為世界十大小説，超越同時代其他美國作家的作品。

隱喻、明喻、顯喻和暗喻的船，航向一個未知生死的不安海域。我認為這樣的定義是這部小説成為一流與經典的重要訊息，而這些訊息將會從這樣簡單情節的敘述裏，慢慢繁複地浮現。

這部小説於1851年出版，經過時代更迭，很多的小説都消失了，但為何《白鯨記》的繁複意義與內涵並未遭受減損，反而益發重要？再者，我們從這個時代去閱讀《白鯨記》，反而更能從政治、生態、流浪、宗教，甚至是同性戀議題的方面去解讀，當中隱含了許多豐富的東西，可以不斷從故事的情節中被挖掘出來。

毛姆與十大小説

這本小説在1851年剛推出時銷路並不好，然而卻在1920、30年代時突然暢銷起來。在暢銷之後，很多人就會開始評論，福克納在讀過《白鯨記》後曾非常希望這本書是他自己寫的，這樣的評語十足肯定了《白鯨記》的價值。而在同一時代還有一位英國小説家兼評論家毛姆，他寫過一本名為《世界十大小説家及其代表作》的隨筆，除了《白鯨記》以外，其他九本小説包括了《塊肉餘生記》、《戰爭與和平》、《高老頭》、《傲慢與偏見》……等等，這些都是我們耳熟能詳的作品，而這十本書的出處相當有意思。這些作品要不是英國、法國，就是俄國作家的作品，美國作家的作品在這個小説名單裏只有一本，就是《白鯨記》。毛姆在十大小説裏只選《白鯨記》，可見其在美國文學裏所代表的意義，關於這點，若從美國當代文學的角度去看，當然會引發很多爭論。毛姆的定義為何？如何選定十大小説？有個先決條件即是要「好看」，而《白鯨記》好不好看？接著是毛姆當初選定《白鯨記》時，美國還有很多重要的作家。大家感到困惑的是，毛姆竟然認為梅爾維爾比我們所熟知的馬克‧吐溫、愛倫‧坡都還重要。甚至在《白鯨記》出版一百多年後，另

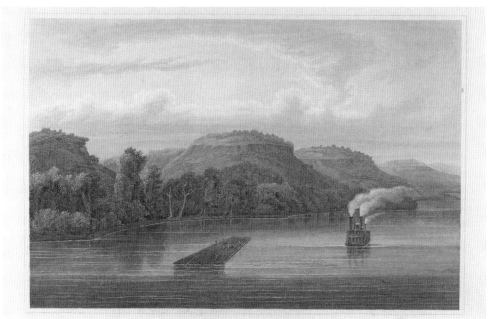

一本同樣重要的海洋小說也出現了，即海明威於1951年出版的《老人與海》。至此，大家便思考這樣的問題：《老人與海》與《白鯨記》孰優？

從水手到作家

首先，我們必須了解這部三十萬字經典名著的創作背景，亦即關於梅爾維爾的創作背景。現在我們可以很容易在網路上查出一堆資料來，然而，查得出來並不代表能讀出其中的意義。作為一個創作者、一個自然生態觀察者如我，也曾寫過關於鯨魚的小說，對作者的創作背景和觀點自然比其他人倍感好奇。

梅爾維爾出生於一個富有的家庭，後因父親過世而陷入貧窮，梅爾維爾便做過很多工作。他於1819年出生，1851年創作《白鯨記》，在這段三十多年的時間裏，他做過些什麼工作呢？他曾當過農夫、水手、職員、海軍、捕鯨手和教師。在經過這些工作的洗禮後，才決定當一個作家。也就是說，

（上圖）與梅爾維爾同時代的作家馬克・吐溫，在筆下的《湯姆歷險記》中記載了美國密西西比河上蒸汽船運行的盛況。十九世紀是蒸汽船的黃金年代，不但連接伊利諾州與密西西比兩岸，並促進了經濟發展。

Bettmann / CORBIS

他並非一開始就決定當作家。而一開始當作家的創作，與他的教師、農夫、職員的經歷完全沒有關聯，主要反而是與他當海軍、水手有關。這就是最有趣之處。讀《白鯨記》的線索必須從此處拉出來，比如他何時當水手？何時當航海員？

1839年，也就是當梅爾維爾二十歲的時候，他去當英國某艘輪船的服務生，這是他航海經驗的第一次，而大家認為這個航海經驗的啟蒙，使他有了書寫《白鯨記》的聯想。然而，最重要的可能不是這次的航海，而是1841年的第二次航海。這一年對他而言是人生的大轉折。在當水手的期間，梅爾維爾不小心被一個叫泰皮族的部落所俘虜，脫逃成功後，又跑去另一艘船當水手，但之後不知為何入獄。入獄之後又越獄成功，便去當魚叉手（魚叉手就是捕鯨魚的人），後來他再跑去當海軍。

至此，我們可以看到他豐富的人生閱歷。既是囚犯，又是水手，海軍與魚叉手的經歷，日後他想當作家，這些經驗都成為他早期寫作探險作品的養分，當然也跟《白鯨記》的內容息息相關。

梅爾維爾並非一開始就寫出《白鯨記》，《白鯨記》反而是最後一本。上文提到《白鯨記》剛出版時賣得並不好，但在此之前的作品倒是不錯的，梅爾維爾幾乎變成暢銷作家。他的第一本書《泰皮》，即敘述他在南洋小島中被土人俘虜的冒險經驗，這部長篇小說受到讀者喜愛，而這個經驗讓他

（上圖）1840年，描繪捕鯨船上生活的木板畫。畫中船員正將凝固的鯨脂切塊放入籃中。

感覺到成為一位職業小說家的可能性，鼓勵著自己繼續寫下去。第二本著作是Omoo，譯為《歐穆》，這本作品也與他的航海經驗相關。基本上，這兩部小說都是奠基於自身冒險經驗的小說。

到了第三本小說，他並非以自己實際的經驗作為書寫內容。這本叫做《瑪地》，是一個富於想像帶有寓言色彩的小說。這本小說的出現，預告了梅爾維爾並不僅是要書寫親身經歷的事物，他還嘗試以想像、寓言的方法創作。但是書寫非親身經驗的小說，想要受到讀者喜愛，困難度高。我認為此時梅爾維爾開始有一個恢宏的寫作野心，但這個野心讓他寫出一本賣不出去的小說，從此人生的寫作從高潮走向低潮。當然其中還涉及到另一個方面，若開玩笑的說，他遇到了一位「壞朋友」。

從暢銷到滯銷

在這個朋友的鼓勵之下，他愈益重視小說的藝術性表現，而忽略了暢銷的問題。這個壞朋友就是霍桑，霍桑的作品

（下圖）艾曲奈特號（Acushnet）捕鯨船。於梅爾維爾的水手生涯中，曾經搭乘艾曲奈特號前往馬克薩斯群島，這段經歷也成為他寫作《泰皮》、《白鯨記》的靈感之一。

Bettmann / CORBIS

19

傳說馬克薩斯群島上居住一個食人的土著部落，稱為「泰皮族」，梅爾維爾曾據此寫作生平的第一部小說《泰皮》（Typee）。故事描述兩名不堪勞役之苦的年輕水手，跳船潛逃至島上尋求快樂冒險，卻誤闖泰皮部落。意外的是，他們並未成為泰皮族的食物，反倒被盛情款待，還談了一場純樸生動的戀愛。故事末尾，主角還是撞見泰皮族食人的真相，最後奮力逃離小島。當時水手們對馬克薩斯群島上的食人族傳言深信不疑，但研究人員經過了一個世紀的考察，始終沒有找到關於土著食人的直接證據。梅爾維爾在航海生涯中曾提過馬克薩斯島，並自稱親身遭遇過大名鼎鼎的泰皮族。但根據《尋找白鯨記》（In Search of Moby Dick）作者實地走訪，發現梅爾維爾在其創作中的想像多於真實，泰皮族實際上是揉合當時食人族傳言、島上土著生活形貌，以及前人對馬克薩斯島土著考察報告的綜合產物。

《紅字》，比較近似浪漫主義時代的小說，對於梅爾維爾這樣一個曾經在海洋航行的人而言，當他試圖書寫較為想像與寓言式的小說時，多少受到霍桑的影響。此外，他自霍桑那裏還認識了一位早他兩百五十年的作家——莎士比亞。莎士比亞的作品，諸如李爾王這樣悲劇的人物、舞台劇呈現的表演形式，也讓梅爾維爾深受影響。

於是，受到霍桑、莎士比亞的啟發，一個以前不善於描寫人物內心個性、不懂得以誇張聳動形式表現、不會寫寓言或是對宗教有興趣的人，開始嘗試著書寫一本偉大經典的小說，《白鯨記》正是在這樣的狀態下產生。

它結合了霍桑較為宗教性的因素、莎士比亞較為戲劇性的手法，以及《歐穆》的航海經驗和《瑪地》的浪漫色彩。這樣龐大的、長達三十萬字的《白鯨記》，內容自然非常豐富，也是我們稱為史詩的長篇小說。

然而，這本書出版時情況很慘，梅爾維爾開始發現自己的作品不好賣了，據說這本小說當初印了兩千本，後來有筆資料顯示，在出版的第一年僅售出五本。對於一個暢銷的小說家而言，突然變成一年只賣出五本作品，他當然無法接受。為何他的小說賣不好？有一說認為他作品中的宗教性色彩帶有對於上帝的質疑，這樣的質疑在十九世紀並不受歡迎；另一說認為，他使用了太多莎士比亞的誇張手法，致使很多人讀不下去。當然也有其他說法：比如其中大量關於鯨魚的生態知識，也令讀者難以閱讀。還有一說，當時大家都在捕鯨魚，因為鯨油是非常重要的物資，這些過於現實性的東西並不討好。

梅爾維爾寫了《白鯨記》之後，大概心情陷於低潮，此後他就再也沒有創作長篇小說了。他轉行當詩人。之後自費出版多本詩集，但是情況更慘，更沒人願意購買。從創作長篇小說到出版詩集，我們便可想像他走向什麼樣的狀態，更可以理解他如何抑鬱而終。

Goianni Dagli Orti / CORBIS

TOP PHOTO

（上圖）義大利版《泰皮》封
面。梅爾維爾以自己曾於馬克
薩斯群島上與原住民生活的經
驗，寫成《泰皮》一書。

（左圖）馬克薩斯群島上的
原住民婦女。這幅插畫出於
Encyclopedie des Voyages，
為十八世紀末法國所出版的旅
遊書籍。梅爾維爾於《泰皮》
中，曾描述主角與當地婦女的
一段愛情。

霍桑（Nathaniel Hawthorne, 1804～1864）十九世紀美國著名小說家。他生於一個沒落的世家，幼年失怙，由母親撫養長大。大學畢業後曾嘗試寫作卻未受注意。霍桑兩度在海關任職，最後因為政治理念與當局不合遭到解聘，此後便致力於文學創作，並於1850年寫下代表作《紅字》（The Scarlet Letter）。

《紅字》描述英國少婦海絲特比丈夫先一步移民美國新大陸，在等待丈夫的兩年間，愛上當地牧師，並暗結珠胎。由於海絲特不願供出牧師，根據清教徒的法律，要在胸前配戴代表通姦的紅字A。七年後，牧師因承受不住良心的煎熬，向大眾公告真相。「紅字A」在故事中的表象意思雖為負面的「姦淫」（adultery），但作家在小說中的深刻探討，希望找到寬容與救贖，讓這個字母A，充滿了無限的可能與希望。

Smithsonian Institution / CORBIS

（上圖）霍桑畫像。
（右圖）一本二十世紀的航海日記，記錄了獵殺三條鯨魚的經過。

Davis's Streight Capt. Joseph Taylor 1857

Day of Month	Hour	Remarks off to d West of S.E.B
Sunday June 1st	NE	All these 24 Hours Quite Thick With Strong Breeze of Wind from the N.E. at Times Saw a Straggling Fish but by Thick W Prevents Us from Getting fast to them So End these 24 Hours more Clearer Several Fish in Sight
		Sun Obscure
Monday June 2d	NE	Sprinkle Wind and Thick No Fish to be Seen a Great Number of Fish gone a Southward to at 2 am Women Whale Got fast to a fish By 5 Killed Him at 6 am John Allinsaby Got fast to a Nother Fish at 10 Killed at 11 along Side Ship Burning to avoid the Other Fish So End these 24 Hours with
#10 2 Inches		
#9 7 Inches		
Sounding 130 feet Water Ship Lat 68.15		Strong Wind and Inclinable Non thick Weather the Eagle And a Nother Ship in Sight
Tuesday June 3d	NE	Strong Wind and Weather Thick at 3 am Got the Other fish along Side at 4 am Begun to flick at 8 am Don flinching Size Bone 9 . 7 Inches at 9 am Begun to flinch the Second fish at 2 am Don flinching Size Bone 10 . 2 Inches Cleared the Decks and Cast Ship off from A Ice Burge that we had fast to in Time of flinching A Great Number of Ice Burgs All Round Us that Day or a Reef of Reef Coal Hill from the Land 50 mile Lat Ship 68 . 10

梅爾維爾的年代

　　除了霍桑以外，梅爾維爾還有一些朋友，例如狄更生、惠特曼與愛倫・坡。這些與他同時代的重要美國作家，日後被稱為浪漫主義作家。《白鯨記》亦是這時期的代表作。我們如何閱讀浪漫主義作品呢？此時，或許可找一個對照，1840、50年代的英國作家簡・奧斯汀的《理性與感性》。仔細觀察這部小說的對話、對生活細節的描述方式，明顯地迥異於美國浪漫小說作品的風格。

　　美國浪漫小說作品的風格指的是什麼？我們必須了解此時的浪漫小說涉及國家的西部拓荒時期，正朝往太平洋發展，摸索未知疆域與土地。因此人物較為誇大，英雄色彩濃厚，如冒險家或探險者，性格傾向於挑戰未知。這樣的挑戰較少見於同一年代的英國小說，卻常出現於美國的小說家筆下。

　　《白鯨記》中的亞哈船長，具有一種孤獨、悲劇英雄的形象，亦即是浪漫小說的典型人物。他在《白鯨記》中活靈活現的形象，也是令《白鯨記》成為經典小說的原因之一。美國浪漫時期小說的典型代表人物，往往展現了漂泊者、孤獨

（下圖）十九世紀的捕鯨照，攝於美國麻薩諸塞。麻薩諸塞的新貝德福港口號稱「世界捕鯨之都」，當時有五分之四的美國捕鯨船皆於此停靠載卸貨，梅爾維爾當年也曾於此搭捕鯨船出港。

（右圖）十九世紀初的油燈。由於鯨油可用來作為照明使用，且鯨魚其餘的部位也具相當的經濟價值，因此捕鯨業在十七至十九世紀十分盛行。

TOP PHOTO

者與自我探險的特質，《白鯨記》裏的人物正好涵蓋了這些特色。

一則駭人聽聞的事件

說完作者，接下來進入《白鯨記》的部分，首要問題在於：《白鯨記》的創作靈感出自哪裏？一說認為這是基於他的航海經驗，另一說認為他的啟發早在1820年代早已出現。1820年代是開始捕鯨的時代，全世界捕鯨的鼎盛時期從1830、40年代至1870年代，捕獲高達三、四十萬隻鯨魚。

那個時候，有一艘與「白鯨記」同樣來自南塔克特的捕鯨船，被一頭抹香鯨攻擊。抹香鯨是一般大型鯨魚中唯一有牙齒的鯨魚。遭到攻擊之後，這艘捕鯨船便沉沒，而船上獲救的水手搭了一艘小船，原本要往西航行，卻聽說西邊小島住著食人土著，於是選擇東去，航往南美洲大陸。怎知，航行時間極為長久，二十多名水手缺乏水與食物下，悲劇應運而生。

為了存活，他們被迫玩類似捉鬮的遊戲，每回選出一人，他必須死亡，提供自己的肉餵飽大家。在尚未抵達陸地之前，這樣抽籤的悲劇輪番上演，直到抵達大陸。這個慘無人道的故事，當然震驚了當時的社會，也提供梅爾維爾創作的靈感。

當《白鯨記》成為暢銷書後，很多人便開始研究考證。晚近有人寫了一本《尋找白鯨記》，重新走訪梅爾維爾寫過的地方，追蹤當年的傳統捕鯨方式，近似《白鯨記》的旅遊指南，拿來作為《白鯨記》的對照，可以讀出一般人比較不清楚的《白鯨記》內容，也是頗具參考價值的書籍。

重量級的「白鯨」

《白鯨記》的內容使用非常多的鯨魚知識，包括鯨魚的分類、如何捕捉鯨魚、連魚叉的細節，甚至連如何採取鯨油，都有詳細的描述。在與白鯨決戰之前，小說的過程裏還大量

十八世紀末，由於國家甫建
立，毋須背負沉重的歷史包
袱，迅速於政治、經濟與文
化等方面開展出一個獨特、
蓬勃，且不斷創新、擴展的
「民族氣象」。處在這樣的氛
圍裏，美國的浪漫主義表現出
豐沛想像、對異國情調的偏
好，以及對社會、人性、道德
和超自然力的深度描述與思考
等，故事主角往往帶有悲劇英
雄的色彩。此時重要代表作家
包括愛默生、梭羅等人。他們
主張自然界充滿靈性，人類應
回歸大自然，如梭羅的《湖濱
散記》被視為美國浪漫主義的
奠基之作。而霍桑善於在看似
正道的社會裏挖掘「隱秘的
惡」，《紅字》即抨擊了清教
徒殖民統治的黑暗，與教會的
虛偽不公。惠特曼則關注人的
實質需求更甚於精神，主張性
愛應被更寬容看待，代表作
《草葉集》大肆歌頌了民族意
識的覺醒，充滿愛國熱忱。而
《白鯨記》的作者梅爾維爾，
以濃郁的異國情調進行創作，
又以純熟的象徵手法，表現對
於人性的癡迷、罪惡，以及人
如何超越自身與自然的思索，
被譽為美國浪漫主義文學成就
最高的作家。

談到了很多莎士比亞、上帝與聖經的部分，這些內容委實龐大，大多數人看不完這三十萬字，都是被這些繁複的形容描述所糾纏而放棄。

很多人都聽過《白鯨記》，卻沒讀過三十萬字如聖經厚的版本。也只有少數人讀過青少年簡易版本，或是漫畫版。另一個了解《白鯨記》概要的方式，就是來自電影的改編。這部小說曾拍成電影，主角是1960、70年代的知名男星葛雷哥萊·畢克。一個白面小生飾演暴力獨裁的亞哈船長，委實很難演得精彩。因此，大家認為他的演技稍嫌年輕生澀，無法表現經歷大風大浪、對於鯨魚充滿恨意、自我意識極高的船長，難怪當年未獲金像獎的青睞。現在年輕人看到這部電影的情節對白，可能也會覺得節奏緩慢而冗長，無趣至極。或許《白鯨記》應該再重拍了。

《白鯨記》的故事梗概是這樣的：「皮庫德」號從南塔克特島出發，預計航行全球，目的在於捕捉鯨魚、取用高商業價值的鯨油。當然不僅是鯨油，包括鯨肉可食用，魚骨也可使用，整頭鯨魚的商業價值極高。因此，這艘船一出海便是三年。在那個年代裏，約有三、四百艘同樣的捕鯨船像探油船一樣出海。亞哈船長是其中之一。

他先前被一隻叫莫比·狄克（Moby Dick）的鯨魚奪去了一條腿，他便以鯨魚骨做成義肢。他極度痛恨這條鯨魚，名義上是出海捕鯨，但腦海裏都是想殺掉這條白鯨的信念。藉這趟航行出去尋找白鯨，後來遂衍生出此椿龐大的悲劇。

這部三十萬字小說共有一百三十五章，大概到了第三十章時才開始談到航行捕鯨的部分，先前多為人物、故事或宗教的描述。我在此處將其分為七個概要，讓讀者更能了解這個故事如何發展。

回憶者：以實瑪利

故事一開始，男主角之一便出現了，他並非亞哈船長，而

是一個叫以實瑪利的回憶者。他在出海之前，寄住於一個旅館中，因為客滿的緣故，必須與一個叫做魁魁格的有色人種同住。

這個人是某個島的酋長之子，是個理光頭、滿身刺青的人物。在梅爾維爾的年代裏，美國對於有色人種仍然充滿歧視與偏見，因此以實瑪利一開始受到魁魁格的驚嚇。之後慢慢產生情感，兩人開始如兄弟一般。他們一同報名簽約出海，上了一艘先前介紹要去捕鯨的「皮庫德」號船。

以實瑪利是一個單純的流浪者，這個年代很多的美國年輕人感覺不到生活的意義在哪裏，便決定出外流浪。魁魁格則不然，他對世界感到失望，卻回不了自己的島嶼，因此決意以捕鯨船作為生命暫時寄託之所。這是最微妙的地方，在同一艘捕鯨船上，兩人的生命彷彿有種微妙的重合，產生命運的共同連結。

一種特殊的鯨魚分類法

第二部分，大致是他們出海後發生的諸多生活故事。以實瑪利是個瞭望者，工作就是坐在船上觀望大海，一旦發生什麼動靜就要立即報告。魁魁格是魚叉手，負責刺殺鯨魚。「皮庫德」號上另有四艘小船，任務在於追殺鯨魚，魁魁格為其一，另外還有三名魚叉手。

第二部分，主要在於開始捕捉鯨魚後，作者透過以實瑪利來講述和介紹鯨魚。他指出鯨魚的三種分類：大、中、小。這是他自己的分類方式，相當聰明的描述方法。有趣的是，在梅爾維爾書寫《白鯨記》時，有一位叫做林奈的瑞典學者，已完成一個分類學。而達爾文，

（上圖）以抹香鯨牙齒所製成的藝術品，上面繪有捕鯨船與抹香鯨。

以實瑪利（Ishmael）根據《希伯來經》與《古蘭經》的記載，是亞伯拉罕與原本不孕的妻子撒拉的埃及裔婢女夏甲所生的長子。以實瑪利的原意是「神垂聽」，初時亞伯拉罕以為以實瑪利是他的屬靈繼承者，但神卻予以否認，以實瑪利母子的地位因此受到影響。之後，以實瑪利與母親夏甲因故遭到撒拉驅逐。夏甲在途中悲傷哭泣，神派使者前來安撫，並允諾讓以實瑪利的後裔成為大國，即日後的阿拉伯。雖然以實瑪利童年的遭遇不免令人質疑是否真的受到神的垂聽，然而，最終神不但聽見了他的祈禱，也時時護佑著他。這個事例日後往往成為教會用以增強信徒虔誠的方式。

（右圖）《夏甲與以實瑪利》，Jean-Charles Cazin繪。繪畫題材取自舊約聖經的故事，描述奴隸夏甲替亞伯拉罕生下長子以實瑪利後，因元配撒拉的嫉妒，母子逃往沙漠，最後在麥加落腳。畫中以實瑪利流落於家鄉之外，正呼應《白鯨記》同名主角的處境。

或是在台灣調查的斯文豪（Robert Swinhoe）等自然科學家們，都已使用他的雙位命名法，亦即以拉丁文為動植物命名。

但梅爾維爾還在使用捕鯨人的方式去對鯨魚做出分類。在書中，這些鯨魚的怪異分類內容大量出現，我建議輕輕看過即可，不宜深讀。除了生物學家，想必也沒什麼人會有樂趣，這或許可以說是一種過時的分類方式，鯨魚居然以大中小分，而不是根據物種或種類。

在這二部分中，最重要的是獨腳船長亞哈的出現，那畫面相當令人震驚。他出場的時候，手上拿著一個金幣，接著召集所有船員，用一種接近上帝寓言式的方法，宣告此行出海的目的。接著慷慨激昂地表示，只要誰先看到這頭大白鯨，誰就能獲得這枚金幣，並且將金幣釘在一塊顯眼的木頭上。他使用這些煽動的言語聚集大眾，取鯨油彷彿是其次，最重要的任務是殺掉白鯨。因此，亞哈的出現諭示了一個不祥的狀態──這艘船正走向一個未知而可怕的命運。

第三部分，故事開始有一個很大的轉折。「皮庫德」號在海上遇到許多捕鯨船，一邊協議合作捕鯨，亞哈船長也一邊詢問白鯨的下落，之後慢慢發現白鯨出沒的地點，便漸漸朝這個方向航行。

另有一部分故事是捕捉鯨魚的情節，與船長的故事並進。比如，先前提到與以實瑪利同往的魁魁格，由於是有色人種的緣故，他在船上的地位較為低下。而在一次捕鯨的過程中，另一個魚叉手掉進鯨油桶中險遭溺斃，魁魁格挺身而出搭救這個人。大家因而對魁魁格另眼相待，更加尊敬他。此外，魁魁格與以實瑪利間的情感，除了初始一同上船的同梯關係之外，他們開始有了患難之交的水手情誼，甚至有些微妙而曖昧的情愫。

29

抹香鯨的「身價」
查理宛豬繪

梅爾維爾從他個人的航海與捕鯨經驗寫成了《白鯨記》，對鯨魚的生物性做出了詳細的描述，使得此書儼然一部鯨魚生物大全。虛構的情節，攙雜了捕鯨與宰鯨的實情，彷彿把一隻被宰割得血淋淋的鯨魚放在讀者的眼前。

1986年國際捕鯨委員會通過了《全球禁止捕鯨公約》，從此商業捕鯨被禁止，但由於《白鯨記》的緣故，我們現在還能了解一條鯨魚的「身價」是多少，也讓鯨魚的一段「慘痛」歷史躍然紙上。這是《白鯨記》裏對抹香鯨身價的描述：

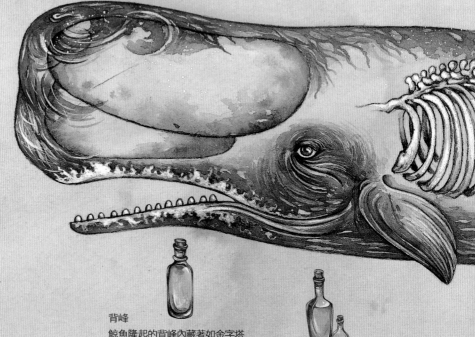

背峰
鯨魚隆起的背峰內藏著如金字塔般結實渾厚的脂肪，如珍貴的水牛魚背一樣，極為可口，雖然外表如椰子肉般透明，口感柔滑濃膩，但是用以代替奶油仍嫌過於油膩。

腦髓
用斧頭敲開抹香鯨的精巧腦殼後，便分裂成如大布丁般肥厚的兩大瓣，將它們和以麵粉，便能煮成一道近似小牛腦的芬芳佳餚。

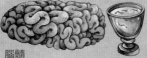

腦窩和後面的腦塊
抹香鯨的腦窩和腦塊裏有無數個相互滲透的細窩，材質為粗糙而具彈性的白色纖維，其中藏有豐富的鯨腦油，通常一頭抹香鯨的腦窩約具有五百加侖左右的油量。

鯨皮
根據一隻大型抹香鯨的重量而言，它的皮可出產重達一百桶的油量，而且這個數量不過是這層外皮所含油量的四分之三而已。因此，光四分之三的鯨皮大約可以獲得淨重約十噸的油。

乾鯨皮
乾的鯨皮是透明的，將它置於書頁上，有時或可產生字體放大的錯覺。

肉
抹香鯨肉也可作為食材，鯨排可以當成一頓飽足的晚餐，而鯨排的烹煮切忌過火，要訣在於維持鯨肉鮮嫩的口感。

龍涎香
龍涎香在法語裏的名稱意為「灰色琥珀」，是一種在抹香鯨腸道中形成的物質，為軟質並且呈現蠟黃色，相當馥郁，被廣泛地使用於香料、香錠、香油或名貴的蠟燭上，有些釀酒商也會在紅葡萄酒內加入幾滴龍涎香，以增加香氣。

鯨鬚
鯨鬚的外觀看起來又白又硬，可以製成各式各樣的奇珍異品，譬如手杖、傘骨、馬鞭柄等物品。

肋骨
抹香鯨中間的肋骨形狀相當彎曲，在阿薩西提等地，有些肋骨會被當成橫木使用，被架在小河上成為小橋。

牙齒
抹香鯨的牙齒上可以刻上許多逼真的圖畫，如大鯨的樣貌與捕鯨的情景。

TOP PHOTO

（上圖）林奈（Carl von
Linné,1707 ～ 1778），現代生
物學分類命名者，也是世上第
一位專授植物學的教授。
（右圖）《舊約聖經》中約拿
與鯨魚的故事。《舊約》中上
帝安排約拿被鯨魚吞入腹中三
日三夜，約拿於魚腹內虔誠懺
悔，最後上帝又讓鯨魚將腹中
的約拿吐出，這是有關鯨魚最
早的文字記載。

權威與服從

第四部分提到這艘船要在三年內航行整個世界。這是一個
很有趣的旅程，因為船長並非捕獲鯨魚便回港，而是航行到
世界各地進行買賣，從西太平洋、印度洋，穿越巴士海峽，
慢慢航進南太平洋。南太平洋是傳說中白鯨最多的地方，對
於這部小說而言，此時形同進入一個決戰的地點。因此，他
們也遇到了許多狀況，例如與一個獨臂船長的相遇。他說自
己的獨臂是遭到白鯨嚙咬，而這個說法也只是繪聲繪影，無
法確認是否為真。

隨著尋找白鯨的腳步，繪聲繪影的傳聞也就愈來愈多，造
成船員人心浮動鼓譟。此時必須仰賴船長的獨裁魅力，以及
講演的煽動，甚至可說是某種威嚴，藉此壓制船員的不
安。然而，一名叫斯達巴克（Starbuck）的大副，卻公
然反抗船長的權威。斯達巴克發現航行時的諸多問題，
比如漏油或是航向等等。他發現船長似乎對這些問題毫
不在意，於是以大副的專業向船長提出抗議。然而，在
海上，船長的命令便是一切。我曾當過一年八個月的海
軍上尉，吃飯的時候從未自己盛飯，我只是一個小小的
海軍上尉而已，但吃的飯都是別人準備好，衣服鞋襪也
是別人幫我洗好。身為一個小軍官就可以享受這樣的待
遇，可以想見航海者上下地位的嚴密制度。

斯達巴克看到船長態度堅決時，只好陳述事實。大
副以為，他們要殺白鯨的行為是違反自然的，而他也不
覺得那條白鯨是大家想像的那般邪惡。即使如此，他仍然遵
從海上的傳統戒律，繼續接受船長的指揮。

預知死亡的結局

進入到第五個部分，內容描述亞哈船長命令鐵匠，打造一
根無堅不摧的魚叉，不管如何拗折都不會彎曲斷裂。他希望
讓這隻白鯨感到痛苦，這個行為表現了船長對於白鯨的極端

痛恨。

　第六個部分的隱喻則更加明顯，「皮庫德」號一路追尋白鯨可能出現的方向，途中與一艘名為「拉祈」號的船交會，那艘船滿載鯨油，船員們快樂地飲酒作樂，與「皮庫德」號擦身而過。相對照下，後者像負載了沉重的死亡陰影，滿載恐懼、未知與不安，與人心互鬥的茫然。「皮庫德」號的最

終結局，也隱然浮現了。

　　第七個部分則進入三天三夜的大搏鬥，「皮庫德」號派遣小船與白鯨搏鬥。白鯨被砍殺得非常痛苦，但正如電影高潮起伏的情節一般，最後白鯨不僅弄沉小船，更瘋狂地攻擊「皮庫德」號，將其撞翻撞沉。而此時亞哈船長身在何處？他被繩索附在白鯨身上，最後被拖到海裏，因而溺死。不僅船長，其他船員們也在與白鯨的搏鬥中陸續死亡。

　　最後只剩下一個生還者──以實瑪利。他藉著抱著一副棺木而生回，這具棺木是魁魁格先前病重，認為自己將不久於人世而製作。棺木上雕刻著許多異教圖案。這具象徵死亡的棺木居然拯救了以實瑪利，這或許是故事裏最有趣的一個象徵隱喻。

（上圖）1956年《白鯨記》電影劇照。捕鯨船上是一個階級嚴明的社會，船長（葛雷哥萊‧畢克飾）具有莫大的權威。

白鯨的「白」

簡介完故事大要,接著我想談談幾個關鍵人物。小說裏最重要的四名人物,無疑是亞哈船長、大副、魁魁格與以實瑪利,以及站在明顯對立位置的白鯨。

白鯨意味什麼?其實饒富深意。故事中的白鯨以抹香鯨作為象徵,而當年被殺掉最多的鯨魚,則以抹香鯨與露脊鯨為多。抹香鯨因富含龍涎香與鯨油,所以廣受喜愛。相對於其他大型鯨魚,抹香鯨有牙齒,為齒鯨類,會抓墨魚與烏賊,再加上善於深潛於海,因而在那個科學尚無法釐清諸多自然事實時,不免有更多穿鑿附會的傳說。再者,究竟白色抹香鯨存不存在?有一種說法認為,抹香鯨年老後,身上曾有很多白色的附著物,因此愈老愈白。當然另一種說法,是抹香鯨的白化,這樣的看法也出現於《尋找白鯨記》中。而作者

(上圖)1956年《白鯨記》電影劇照。亞哈船長追捕白鯨,最後自己也葬身大海。

35

在《白鯨記》是如何描寫白鯨呢？他喜歡以「雪山」來形容，認為大白鯨的色澤是一片雪白，白淨到近乎透明。小說裏因而有一個章節的名稱叫《白鯨之白》。

作者把白色視作為純潔、簡單、單純的象徵，以白鯨的白色做如此意象聯想。而此意象又涵括兩個層面：一、把白色想像成某種複雜性，如同寓言，且與宗教相關；二、是指純潔無邪，即象徵「皮庫德」號上每個人物的單純心靈，包括悲劇英雄亞哈船長在內。亞哈其實是個相當單純的人，基於這樣的單純，而堅決地冒險。

除了白色之白以外，又存在著什麼樣的象徵呢？在1920年代，D.H.勞倫斯曾點出了關於白的另一層意義。他曾寫過：

狩獵，最後的偉大狩獵。

但獵的是什麼？就是Moby Dick。

這條巨大白樣的抹香鯨。

牠已然蒼老、野蠻，正在獨自奔遊。經常被攻擊，但憤怒時更可怕，如雪般的白。

當然，鯨只是一個符號。

一個象徵，象徵什麼？

我懷疑作者是否也清楚知道。但這也是小說中最好的部分。

但是，勞倫斯所說的「最好的部分」代表什麼？我不想像他這樣匆匆帶過，因此便試著剖析，提出三個觀點。

白鯨的三個隱喻

我認為《白鯨記》的大白鯨在某種簡單想法中，代表或隱喻著大自然。人們的追捕，意味著與大自然的對抗，或者試圖征服。當然最後人未能達成目標，反而受傷，或是陣亡，此為第一個象徵意義。

除此之外，還有兩個象徵，同時是我認為較具意義的部

（右圖）《白鯨記》插畫，A. Burnham Shute繪。畫中莫比‧狄克攻擊捕鯨小艇，導致小艇翻覆。

分，也是我們所認定的傳統小說中，才會出現的伏筆與隱喻，此乃《白鯨記》成為經典的原因。

其一是白鯨象徵某種人類所追尋的理想，或可稱為經濟、宗教上的意涵。殺死白鯨代表的不僅是征服大自然，而是象徵著人所達到的某種社會地位或目的。亞哈船長為何亟欲殺死大白鯨？因為尊嚴的緣故。他覺得被白鯨咬斷腿是種羞辱，必須殺掉白鯨才能奪回自己的尊嚴，這即是航海人的英雄主義式的心境。他的單純念頭所造成的結果，非大勝即慘敗。這樣的執意信念也成功地塑造其鮮明的個性。

在《白鯨記》中的「皮庫德」號，也與白鯨一樣乾淨純潔。這艘船即是一艘白船，裏面住著一群為崇高悲劇而設定的人物，因而白鯨與船有著相互的吸引力。在這個悲劇英雄的寓言中，梅爾維爾在感情上與他們站在同一戰線，然而他在理智上卻不贊同。所謂的不贊同，是因為他所安排的結局，這樣的立場和思維存在著密切的關係。

船長、大副、魚叉手與流浪者

闡述白鯨的三個隱喻後，接下來是人物的介紹。

人物的有趣之處，在於每一個人都有其誇張的性格，比如第一個人物：船長。獨腳船長的名字「亞哈」，在《聖經》裏意味著追求浮士德式知識的人物。小說一開頭作者即告知，他是一位悲劇人物。他僅繫念著殺死白鯨，眼光局限於與白鯨對抗，完全看不到周遭的人事物，因而將自身推向黑暗深淵，走向一個悲慘的命運。在他身上，讀者或多或少，都會看到不少時代獨裁人物的身影。

第二個人物也很有趣，即大副斯達巴克。

台灣把Starbucks譯為「星巴克」，事實上這個來自西雅圖的連鎖咖啡店，早先並不打算使用「星巴克」這個名字，而是「皮庫德」號。因為此名象徵著一艘出海航行、堅決追尋某種事物；還有不同地方人物集結在一條船，充滿民族大熔

（右圖）《浮士德》版畫，林布蘭（Rembrandt, 1606～1669）繪。《浮士德》主要敘述一名年邁的科學家，為了能夠挽回流逝的時光，甘願將自己的靈魂出賣給惡魔。而《白鯨記》中的亞哈船長正如浮士德一般，是一個因執著而逐步將自己逼入絕境的悲劇人物。

美國文化中的「天命論」 天命論中的專有名詞「昭昭天命」（Manifest Destiny），最早出現於十九世紀，被視為是一種意識型態，作為對於美國人向西部擴張領土、侵略屠殺印第安人的辯解。其擁護者認為：美國在政治版圖，以及對世界的影響力持續擴張，是一件很明顯、且不可違逆的天意。直到二十世紀，這個觀念仍然影響著許多政治人物。

爐意義。後來因為「皮庫德」號似乎是一個已滅亡的印第安部落，讓人有不好的聯想，所以才將想法轉向大副。

或許經營者以為，大副這個人性格不錯，忠心耿耿，忠於自己身為大副的任務。這樣的人物象徵如同星巴克賣咖啡的商業精神，因此「星巴克」這個名字便得到出線的機會。

第三個人物是魚叉手魁魁格。

先前提到他是一位有色人種，並且滿身刺青如囚犯，讓他受到許多人的歧視與鄙夷。我認為此處梅爾維爾的安排，有著挑戰上帝的意思，因為身處十九世紀，上帝或耶和華所扮演的角色，就是討厭有色人種或不信教的人。梅爾維爾安排魁魁格這樣一位有色人種的出現，賦予其正義與善良的性格，讓我覺得作者意欲挑戰那時候的宗教。而結局最有趣的部分，大概是讓以實瑪利抱著魁魁格製作的棺木，幸運地獲得生還。此處象徵的意義，即是流浪者被異教徒所拯救，而非上帝。我認為其中的意義相當曖昧，很明顯地，梅爾維爾有意挑戰、或說是反抗上帝。

第四個人則是以實瑪利。

作為一個善良無知的流浪者，或者現在大家慢慢以同志的角度觀察的這個人，他的迷人之處在於其流浪性格。現今的文學論述裏，旅行流浪是廣受大家歡迎的議題，我們也看到有些碩士論文開始將《白鯨記》視為旅行流浪的小說，從以實瑪利的角度解析和觀看這趟旅程。

說完白鯨和以上四個人物角色，接下來就是這艘捕鯨船「皮庫德」號的隱喻。其實，「皮庫德」號還有另一個意義，這意義與美國精神緊密扣合。何謂美國精神？即是 "manifest destiny"，中文譯為「天命論」。在「天命論」的思維下，當時的美國以擴張主義奪取整個北美洲，拿下整個太平洋，包括捕鯨基地夏威夷。奪取之後，它的捕鯨船便能到世界各處捕鯨魚、取鯨油。

這一天命的觀點，悄然投射在「皮庫德」號的種種行徑

Battmann / CORBIS

（上圖）電影《白鯨記》中的魁魁格。在這張劇照中，魚叉非常明顯的被安排在演員腦後方的位置。

Christie's Images / CORBIS

上。或許,「皮庫德」號最大的隱喻就是「美國」。那個年代的美國即是「皮庫德」號,而「皮庫德」號展現了美國的擴張主義。這部小說中的四個人物、一頭白鯨與整艘船,全都富含繁複的隱喻。

八種閱讀面向

除此之外,閱讀《白鯨記》我自己還整理了八個面向。

第一是自然寫作。梅爾維爾所展現的鯨魚分類方式,與同年代達爾文等人的自然科學式分類大相逕庭。梅爾維爾的分類與對鯨魚生態的敘述,完全是捕鯨人的經驗論,有其特殊的時代意涵。從自然寫作的觀點而言,他無異是先驅。

第二是人類與人自然的抗衡。這也是上文提及人類意欲征服自然,然而戰勝者卻是鯨魚,意味著人類無法打敗大自然。這樣的象徵隱喻,在今日的社會處處可見,如財團肆意

（上圖）1872年,賈斯特（John Gast）所繪製的《美國的前行》（American Progress）。畫中女神攜帶書以及電線（代表進步）,引領人們往西部拓荒,而印第安人與野生動物則被迫逃往黑暗。此幅畫展現了美國當時的「天命論」精神。

開發土地，最後造成自然的反撲。以台灣為例，每年颱風一到，大家就束手無策，只能期待老天保佑。在大自然反撲愈來愈不可抵擋下，人類也開始思考，如何避免過度開發，面臨節能減碳的選擇。

第三是傳統小說的戲劇衝突。《白鯨記》充滿各種複雜的

隱喻，包括神話、寓言和傳說等等，情節充滿戲劇性。梅爾維爾企圖將《白鯨記》寫成一部史詩作品，整艘船的捕鯨過程，其實存在許多衝突。當中最重要的兩條線的伏筆發展：第一個是人物的衝突，包括船長與大副的顯性衝突，以及以實瑪利對船長的隱性衝突。另一個衝突是寓言，也就是在這艘船上，這個寓言不斷地提示讀者危險的逼近、明明走向毀滅，卻無人阻擋的衝突。

TOP PHOTO

第四是小說沒有女性。這是一本沒有女性存在的海洋小說。在《老人與海》這部中篇小說中，同樣也描述了一個沒有女性的雄性世界，《白鯨記》亦是如此，因此大家會將它們視為男性小說。但事實是否如此？我想刻意舉一二部分說明。例如描寫妻妾成群的鯨魚，這樣的手法使女性以隱藏的方式出現。再者便是以實瑪利與魁魁格的曖昧情感。小說中有一段內容描寫，他們倆發展出兄弟般的感情，在船上同床共枕沉沉睡去後，不自覺如夫妻般相擁，彷彿只有死亡才能將他們分開。我認為，其中存在著某種潛意識的女性角色，在以實瑪利身上透露出來。這個詭譎的隱喻，凸顯了《白鯨記》的藝術價值，隱隱勝過《老人與海》。

第五是鯨油的敘述。小說中鯨油不斷被強調，其實也反映了整個時代的背景。美國的捕鯨、取鯨油，照亮了諸多歐美國家，當然也讓自己成為富裕的國度。從歷史的角度觀察，

（上圖）1958年海明威（Ernest Miller Hemingway, 1899 ～ 1961）《老人與海》電影劇照。這是所有「老人與海」電影中最著名的一個版本。《老人與海》是海洋文學的經典代表著作，傳達了「人可以被毀滅，但卻不能被打敗」的精神。

美國並非在二戰後，才成為世界上最強盛的國家，而是早在
1850年代。從1830至1870年代中，在石油年代尚未來臨之前，
美國已經透過鯨油的採集，將勢力擴張至全世界。它成為世界
上最強大國家，正是捕鯨的此時。從追捕白鯨的過程、從鯨油
的獲取中，我們都看到美國成為強盛國家的隱喻。

　　第六則是旅行與冒險的內涵。以實瑪利跟著捕鯨船的探
險過程，大抵是日後我們論述東方主義，最愛探討的旅行原
型，也就是異國風情撞擊心靈世界的反思。與之相對的是亞
哈船長。他急於獵殺白鯨而忽略、看不見這些以實瑪利所見
到的事物。兩相對照之下，以實瑪利作為一個冒險犯難的角
色，我們更能不斷地從他身上找到諸多旅行的意義，進而擴

（上圖）海明威與妻子瑪麗在
古巴居所的合影，攝於1946
年。海明威是美國「失落的一
代」（Lost Generation）的代
表作家，代表作有《老人與
海》、《戰地春夢》。

大各種可能的生命內涵。

第七是捕鯨的現代意義。從1830至1870年代，大約有三十萬頭鯨魚被獵捕，而現代該如何看待過去這段捕鯨的歷史呢？《白鯨記》告訴我們傳統的捕鯨如何處理，又帶來什麼樣的商業價值，然而現代人如何從這樣的內容中讀出新意？

以日本為例，日本人因為生活裏有捕鯨和吃鯨肉的傳統，因而遭到國際抨擊。但日本的小學課本便暗示著，如今呼籲不要捕鯨的國家如美國，過去也是大量捕捉鯨魚。一直到捕殺至一個階段，鯨魚數量銳減時，才開始要求其他國家不可捕鯨。日本人甚至以為其捕鯨有傳統文化的脈絡，無法捕鯨，就等於放棄文化承傳。從日本諷刺美國人的角度，提供了一個很值得深入討論的議題，而《白鯨記》的時代背景，豐富地提供讀者檢視這個議題的更深層面向。

第八是《白鯨記》中的宗教情結。小說中運用許多宗教的隱喻，同時也引用了很多《聖經》的內容。作者不斷強調上帝對於有色人種的歧視，卻又刻意塑造魁魁格這樣充滿戲劇性的人物，無疑是書中最為迷人、動人的角色之一。

TOP PHOTO

邪惡隱喻之必需

作者也高明地透過以實瑪利表達自己的想法。以實瑪利的諸多發言，都可成為《白鯨記》的作者語錄，或說是作者的流浪手記，而這些發言只屬於《白鯨記》，放在別的脈絡，都難以讀出其深刻的意義，此處我謹引用四段話作為說明。

以實瑪利說：「誰不是奴隸？你倒說說看。」這是他觀察船上生活時，所看到的人生百態。雖然只是一艘船，但彷彿社會樣貌亦全然浮現。以實瑪利看到大鯨潛水時又說：「如果是但丁看到那個大鯨，會說是魔鬼，可是以賽亞看到的是天使。你看、他看、我看、你們看、他們看、大家來看，會用不同的角度來看鯨魚。」這一個象徵意義，更不用多說。不

（上圖）美國麻州匹茲菲爾德，梅爾維爾的故居，《白鯨記》便是於此寫成。

同的人看待事物，都有其詮釋的角度，捕鯨亦然。

　　以實瑪利又說：「當一個人把整個宇宙看作是一個巨大的惡作劇時，那在我們稱之為生活的這種稀奇古怪、五花八門的東西中，就有一些奇妙的時會了。雖則他對於這種惡作劇的理解很模糊，且也深自懷疑著，這種惡作劇只是害己不害人」。以實瑪利講過的這段話最為有趣：「再也沒有像捕鯨行業所遭到的種種危險，更易於滋長這種自由爽快的、無賴的人生觀。」這是多麼貼切而精湛的識語！

（上圖）班傑明‧郝金斯（Benjamin Waterhouse Hawkins,1807～1894）所繪的捕鯨業相關插畫。班傑明‧郝金斯，英國藝術家及動物學家，這幅畫中央，鯨魚被捕鯨船及小艇獵殺，死後屍體則被剖開，鯨油可用於照明設備、鯨骨可作為女子的束腰以及傘架、鯨肉可作為肉排、龍涎香可作為香水，而剩餘的部分可作為肥料。

接下來是寫完《白鯨記》後，梅爾維爾自己說話了：「我自己寫了一部邪惡的小說。」可是他又再附加一句：「我寫完它的時候，感覺我像羔羊一樣潔白無瑕。」「羔羊般潔白無瑕」——這是個很有意思的隱喻，我認為梅爾維爾在寫完之後已與《白鯨記》融為一體。

　　至今，很多小說死掉了、消失了，然而《白鯨記》與其中的人物卻仍然活著。當然不是以星巴克咖啡的方式存在，而是意指《白鯨記》中的隱喻富涵許多當今仍出現於社會的現象。《白鯨記》基本上是一個邪惡的隱喻，然而我認為今日它的存在其必要恐怕得更加彰顯，因為它的不好存在，反而是帶給整個社會一種對人性美善的警示與提醒。　　■

「白」與「鯨」的傳說

摘錄自《白鯨記》

查理宛豬

本名林宛姿，誕生在一個雨的城市，偏愛手繪與一切手工質感的東西，
銘傳大學商業設計系畢，目前為專職插畫SOHO。

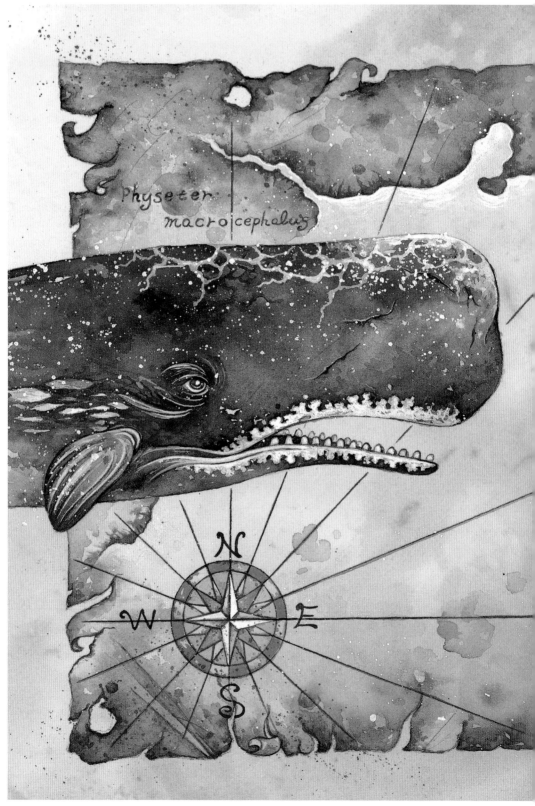

Physeter macrocephalus

Balaenidae

在大號的對開式大海獸中，算抹香鯨和露脊鯨最為著名。⋯⋯在南塔克特人看來，牠們代表著一切已知的鯨類之兩極。因為牠們外表上的不同，主要就表現在牠們的頭上；而因為現在這隻頭是各掛在皮庫德號的兩側；我們只消跨過甲板，就可以隨意看看這隻，望望那隻──請問，你要實地研究鯨類學，哪裏找得到比這更好的機會呢？

第七十四章《抹香鯨頭──對比圖》

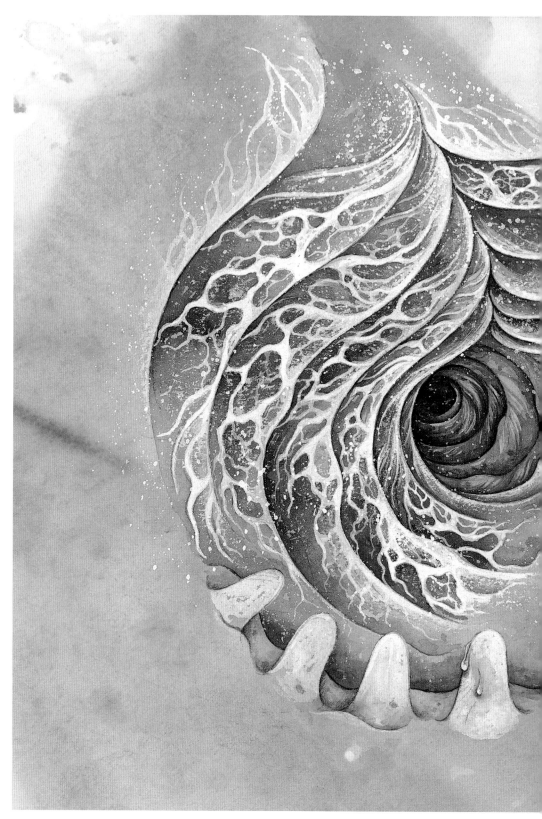

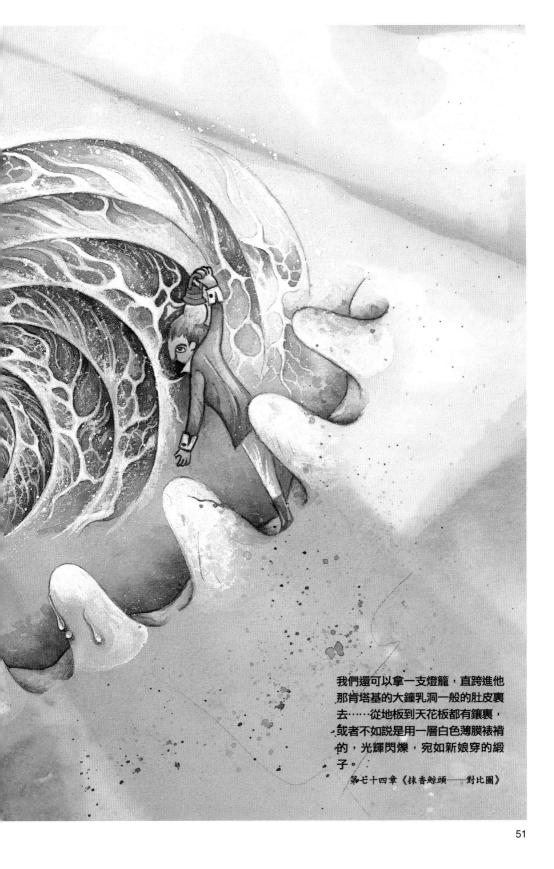

我們還可以拿一支燈籠，直跨進他
那肯塔基的大鐘乳洞一般的肚皮裏
去……從地板到天花板都有鑲裏，
或者不如說是用一層白色薄膜裱褙
的，光輝閃爍，宛如新娘穿的緞
子。

第七十四章《抹香鯨頭——對比圖》

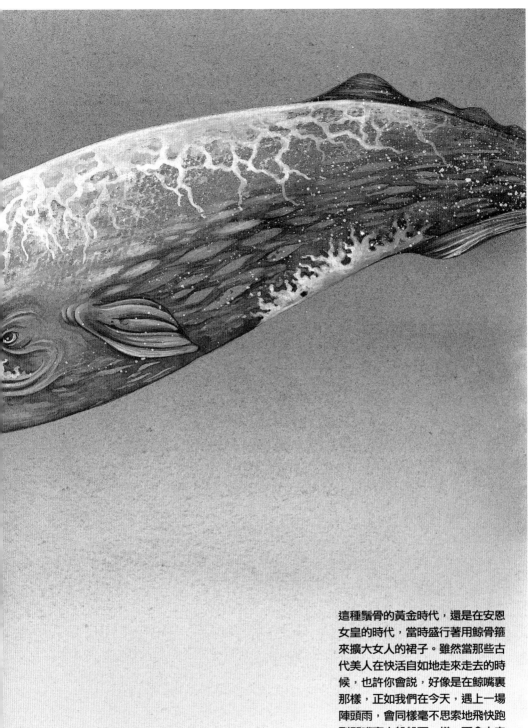

這種鬚骨的黃金時代，還是在安恩
女皇的時代，當時盛行著用鯨骨箍
來擴大女人的裙子。雖然當那些古
代美人在快活自如地走來走去的時
候，也許你會說，好像是在鯨嘴裏
那樣，正如我們在今天，遇上一場
陣頭雨，會同樣毫不思索地飛快跑
到那嘴裏去躲躲雨一樣，雨傘本來
就是蒙在這種鬚骨上的一個帳幕。

第七十五章《露脊鯨頭——對比圖》

這就是莫比・狄克的張開著的嘴巴和那打捲的下顎；牠那巨大的朦朧的身體有一半還跟藍色的海水混在一起。那隻閃亮的嘴巴，在小艇下面一張開來，直像一個墓門敞開的大理石墓穴。

第一百三十三章《追擊——第一天》

現在，這隻巨獸的四周都湧出一片
紅色的潮水，好像山腳下的溪流。
牠那苦痛的身體不是在水裏，而是
在血裏滾動，鮮血在牠後邊湧騰達
幾哩長。斜陽在海裏這個殷紅的池
沼上嬉戲著，迴光反照在大家的臉
上，弄得大家都像紅種人，個個面
孔紅咚咚。

第六十一章《斯塔布殺死一隻鯨》

那種游離不散的大理石似的蒼白
色，彷彿那種蒼白色之作為陰間的
恐怖的表徵，也正是陽間的人類的
戰慄的表徵。我們就從死屍的那種
蒼白色中，借用了那種意義深長的
顏色來把死屍包裹起來。甚至在我
們的迷信觀念中，我們還是會給我
們的幻影加上這種雪白的披風；一
切鬼神都是出現在乳白色的迷霧
裏。

第四十二章《白鯨的白色》

在我們西方的歷史和印第安人的傳
說中，最著名的就是那種大草原的
白駒，這是一種壯麗的、乳白的戰
馬，大眼小頭，胸部扁平，在牠們
高傲的儀表中，具有一種唯我獨尊
的威嚴氣概。……當牠昂起那如火
的頭向西疾馳的時候，就跟每天晚
上那顆誘使群星發光的神選的明星
一樣。

第四十二章《白鯨的白色》

人們把他叫醒，讓他去看一看船隻穿過午夜的乳白色的大海時——那時彷彿正有一群白熊打從崎岬裏衝了出來，在他四周起伏漫游，那他就感到一陣悄然而來的、非常迷信的恐怖了；那種幽靈似的白浪滔滔的洋面。

第四十二章《白鯨的白色》

原典選讀

梅爾維爾 原著

鄧欣揚 譯

遠景出版事業公司授權使用

42
白鯨的白色

　　亞哈對白鯨怎樣看法，已經有了交代；至於我時常對白鯨怎樣看法，卻還沒有說過。

　　關於莫比·狄克，除了難免偶爾教任何人都要動心震魄的那些較為明顯的理由而外，對牠還有另外一種看法；或者不如說還有一種難以言宣的、模糊的恐怖，那種恐怖，往往由於牠非常強烈地壓倒一切；而且又那麼神秘和近乎形容不出，直教我無法以一種容易使人了解的形式把它表達出來。最使我害怕的就是這隻大鯨的白色。然而我在這裏怎能說得明白呢；不過，我還必須馬虎而隨便地把它說出來，否則，所有這些章節都不免要等於零了。

　　雖則在許多自然界的東西中，白色會優美地增加美感，彷彿會給它本身增加一種特殊的價值，比如大理石、山茶花和珍珠就是這樣；雖則有許多國家還把這種顏色認為是一種無上的重要顏色；甚至古代的野蠻而了不起的庇古帝王們，還把「白象之王」的稱號置於他們其他種種誇張的統治稱號之上；現代的暹羅國王們還在王旗上扯出這種雪白的四足獸來；哈諾佛公國的國旗上也印有一隻雪白的戰馬標誌；那個大奧地利帝國，即統治羅馬帝國的凱撒皇朝的繼承人，也用這種顏色作為皇室的顏色；雖則這種超特的顏色一經應用到人類上來，便教白種人產生出要統治各種有色人種的空想；雖則除了上述這些以外，人們甚至還認為白色具有愉快

的意義，羅馬人就認為白石是歡樂的日子的表徵；
雖則在人類其他的感情和識別上，人們都把這種顏
色當成種種動人而高貴的事物的標誌——純潔無疵
的新嫁娘的標誌，慈祥的老者的標誌；雖則美洲的
紅種人把贈送一條雪白的貝殼珠帶看成最深含光榮
的表示；雖則在許多地方，白色在法官制服上是
象徵正義女神的尊嚴，而且還專用雪白的駿馬來曳
拉國王和王后的御乘；雖則甚至在高深莫測的、最
尊嚴的宗教中，還把白色認為是神的純潔無疵和富
有權能的標誌；波斯的拜火教者，把白色的叉狀火
光當作聖壇上最神聖的東西；在希臘的神話學中，
偉大的約芙本身就被認為是雪白的公牛的化身；雖
則在著名的易洛魁部落①看來，供獻白狗的仲冬祭
祀，是他們的神學中最為神聖的佳節，因為他們把
那隻一無斑疵的忠實的動物，看成是派到偉大的神
那裏的最純潔的使者，去報告他們一年一度的忠心
於神的消息，雖則白色這個詞兒是直接從拉丁語
來的，一切的基督教神父僧聖們也把他們那穿在法
衣下面的一些聖衣都加上白色的稱呼，如白麻布僧
衣、白色長緊身衣；雖則在神聖、浮誇的羅馬教
的教條中，白色是特別用以紀念「我主的受難日」
的；雖則在聖徒約翰的啟示錄中，白袍是專給贖罪
的人，專給二十四個穿著白衣、站在偉大的白色寶
座前的長老穿著的，而且坐在那裏的上帝也像羊毛

一樣白②，雖然有了這些累積起來的、不管是快樂的、體面的，還是莊嚴的聯想，但是，在這種顏色的最深切的概念中，它卻隱藏有一種無從捉摸的東西，這種東西，其令人驚恐的程度，實在遠超於賽似鮮血的腥紅色。

正是由於這種無從捉摸的性質，使得人們一旦丟棄那些比較善良的聯想，與任何一種可怖的東西聯想起來的時候，便會教人一想到白色，不禁愈發加深恐怖的程度。以南北兩極的白熊和熱帶的白鯊魚為證來說；不正是牠們那光滑的、片片的白色，才使得牠們比原來格外可怖麼？正是那種有著如此惡俗的柔弱的蒼白色，加上牠們那種笨頭笨腦，臃臃腫腫的相貌，才不僅令人感到可怕，甚至還更令人嫌惡。所以，像那種全身雪白的熊或者鯊魚③之使人吃驚的神氣，卻是那種張牙舞爪披著紋章外衣的老虎所望塵莫及的。

請你想一想那種信天翁吧，當那隻白色的幽靈別創一格地輕飛在空中的時候，為什麼就會有那些神奇的死灰色的雲彩呢？這可不是柯立治④首先使用什麼魔力；而是上帝的偉大的，不會奉承的桂冠詩人，造物主⑤的事了。

在我們西方的歷史和印第安人的傳說中，最著名的就是那種大草原的白駒，這是一種壯麗的、乳白的戰馬，大眼小頭，胸部扁平，在牠那高傲的儀表

中，具有一種唯我獨尊的威嚴氣概。牠就是野馬群
中的出類拔萃的薛西斯[6]，牠們當年的牧場只限於
落磯山脈和阿利根尼山脈一帶。當牠昂起那如火的
頭向西疾馳的時候，就跟每天晚上那顆誘使群星發
光的神選的明星一樣。那滾滾如小瀑布的鬃毛，那
弧形如彗星的尾巴，都使他的馬披比之銀匠所能給
牠裝備的更為輝煌燦爛。這是那種不朽的西方世界
的最莊嚴和天使似的幽靈，牠在古代的設陷阱者和
獵手看來，就是原始時代的光榮的再現，當時亞當
就像這匹雄偉的駿馬一樣顯赫，昂首無畏、步武莊
重地走著。不論是置身在牠的僚屬和將領之間，率
領著那些無止地布滿整個平原（像一個俄亥俄用的
無數部隊向前行進，還是遍地盡是牠的臣民，這頭
白駒總是帶著那副透過牠的冷漠的乳白色而熱得發
紅的鼻孔，往前馳騁、檢閱牠們；不管牠露出了怎
樣的相貌，牠在最驍勇的印第安人看來，可始終是
令人畏敬得發顫的對象。而且也沒有人會提出疑
問：這種雄駒怎麼具有這麼神話的記錄，因為主要
地就正是那使牠賦有神性的神聖的白色；而且這種
神化，一附在白色裏邊，就不僅博得大家頂禮膜
拜，同時也具有一種說不出的恐怖了。

　但是，也有其他一些不同的情形，這種本來在白
駒和信天翁身上，具有一切附帶的和奇特的光榮的
白色，如果換了一個場合，種種光榮都完全消失

了。

　　為什麼天老兒⑦那麼討人厭而始終叫人看得眼花，同時又常常遭到他自己的親友的厭惡呢！那是因為他身上有一種他的名稱之所由來的東西。天老兒也跟別人一樣生得端端正正——並沒有什麼本質上的缺陷——然而，只是這種全白的外貌，才使他比之那種最醜陋的畸形人還更特別令人嫌惡。為什麼會這樣呢？

　　反之，造物主卻在祂那最不容易感覺的，又頗懷惡意的神力中，把這種具有主要的可怖屬性算作祂的力量。那種如同戴著鐵手套的惡魔般的南海暴風，所以被稱為白浪暴風，正是由它那雪白的樣子而得名的。在一些歷史事例中，人類的鬼魅伎倆可也忘不了使用這樣一種強有力的輔助品。當那奮不顧身的根脫白巾人⑧把他們的自己人戴上雪白的面具，在市集上謀害他們的監守者的時候，它可給弗拉薩⑨的文章增加了多大的效果呀！

　　而且，在一切人類世代相傳的總經驗上，也並不是一點也沒有證明出這種色澤的神奇的意味的。可以肯定的是，在死屍的外貌上看到的那種使人喪膽的特質，就是那種游離不散的大理石似的蒼白色；彷彿那種蒼白色之作為陰間的恐怖的表徵；也正是陽間的人類戰慄的表徵。我們就從死屍的那種蒼白色中，借用了那種意義深長的顏色來把死屍包裹

起來。甚至在我們的迷信觀念中，我們還是會給我們的幻影加上這種雪白的披風；一切鬼神都是出現在乳白色的迷霧裏的——而且，當這種恐怖懾住我們的時候，我們可以這樣說，甚至那種恐怖的帝王一旦化身為福音書的著者，騎在他那匹蒼白的馬上時，也會叫我們大吃一驚呢⑩。

因此，在人的另一種心情說來，隨他怎樣把白色作為多麼莊嚴或者多麼厚道的象徵，但誰也不能否認，在它這種最為奧妙的理想化了的意味中，到頭來，還是不免要叫人想起一種特殊的幽靈來。

雖然在這一點上還沒有什麼不同的意見，人們究竟是對它怎樣看法的呢？要把它分析一下，倒也似乎不是很容易的。那麼，我們能否引證這樣一些事例——而且暫時（完全或大部分的）放棄那種故意要給白色添上一些恐怖色彩的一切直接聯想，而從中發現這種白色的東西是對我們施用魔力（不管是多麼和緩的）麼？——我們能希望突然獲得一種可以引導我們找到正在搜索的秘因的線索嗎？

我們不妨來試一試。可是，像這樣的事情，這種機靈得靠機靈來解決的事情，如果不靠幻想，誰都不能跟著別人登堂入室。雖然，毫無疑義的，這些行將提出的幻想的意見中，也許至少有一些是大多數人都有同感的，還有少數人說不定當時是完全領悟的，現在卻一下子想不出來了。

為什麼對現代一個不很熟悉奇事怪物，而具有粗野的想像力的人，只要一提到那個聖靈降臨週的司儀人員，他就會在心裏想到那麼怕人的、悄沒聲音的長長的隊伍，那些慢步前進、垂頭喪氣，滿身蒙著新雪的香客呢？為什麼對中美洲的目不識丁的、樸素的新教徒，偶然一提到白袍僧或者白衣尼⑪時，心裏就會想起這麼一個無眼睛的雕像來呢。

　　再說，除了那些關於帝王武士被囚的傳說以外（這個不想詳細說明了），為什麼一個見聞狹小的美國人，對於倫敦的白塔，會比對其他那些一層層的建築物，也就是它的鄰居——小監塔，甚至是血塔更能激起強烈的想像呢？而對於那些更雄偉的塔，對於紐罕布什爾的白山脈，只消一提到那些名詞，就會情緒奇特，心裏掠上一種巨大的鬼影，而一想到弗吉尼亞的藍嶺，卻就滿懷一種柔和的、迷迷濛濛而隱約的夢境呢？為什麼不拘在任何地方，一提到白海這名詞，想像裏就會出現一種鬼怪，反之，一提到黃海，就會使人身心舒展地想到海上那一派柔和得像中國漆的悠悠的午景，和日暮時分的最絢麗而最使人想睡的情調呢？或者再挑一個完全不大現實的例子吧（純然是說說玩兒的），為什麼在念著中歐的古代神話的時候，就會想到哈爾茲森林裏⑫那個「高大而灰白的人物」⑬，彷彿看到他那不變的蒼白色在綠樹叢裏悄悄地閃來閃去——為什

麼這個鬼影會比之布洛克堡⑭的所有的騷鬧小鬼更使人感到恐怖呢？

利馬之所以教人看來會是一個欲哭無淚，最奇怪、最悲傷的城市，倒並不光是因為人們想到下列這些事物的緣故：那些把大教堂都震垮了的地震⑮；那瘋狂似的海浪的衝擊：那從來就不下雨的無枯無淚的天際；那些遼闊的田野裏的枝莖傾斜的作物，歪七倒八的冠石，和全都垂掛著的十字架（好像是碇泊過太多的船隻而傾斜了的船塢），以及郊外的街道中有著一堆散亂的撲克牌似的、彼此倚靠著的屋牆，不，完全不是因為這種緣故。而是在於利馬罩有一層白色的帷幕；在它這種悲傷的白色中，有著一種更為叫人恐怖的氣氛。像披扎羅⑯一樣的古老，這種白色把那廢墟罩得永遠如新，毫無滿地草莽的頹廢景象；瀰漫在它那殘破的城垣上的，正是那一片跟它本身相稱的害中風症似的僵硬的蒼白色。

根據一般人的理解力說來，我知道這種白色現象並不是作為誇張那種並不怎樣可怕的恐怖事物的主要原因；而且在一個沒有想像精神的人看來，那種情景也許一點也沒有什麼可怖之處，不過，在另外一種人看來，這種情景之所以可怕，簡直也就正好是包括在這一種現象裏面，尤其是當它以一種完全跡近啞默或者渾然一致的形式而出現的時候。我對

這兩種說法的見解，也許可以由下列的事例分別加以說明。

第一：當船隻駛近異鄉的口岸的時候，如果當時正是夜間，有一個水手聽到了當心觸礁的吼叫聲而驚醒過來，他會覺得那種恐懼剛好把他的精神都激發起來；不過，如果是在同樣的情況下，人們把他叫醒，讓他去看一看船隻穿過午夜的乳白色的大海時──那時彷彿正有一群白熊打從崎岬裏衝了出來，在他四周起伏漫遊，那他就感到一陣悄然而來的、非常迷信的恐怖了；那種幽靈似的白浪滔滔的洋面。在他說來，可跟碰上一個真正的鬼魔一樣可怖；任憑那個叫醒他的人怎樣對他說，他還是心神安定不下來，儘管他們倆是相親相信的，也是白費；要直到他又看到蔚藍的海面，他這才放得下心。然而，有哪一個水手會對你說：「老哥，驚險的暗礁有什麼可怕，討厭的白色才教我激動哪？」

第二：在秘魯的印第安土著說來，積雪的安地斯山的連綿不絕的景色，是一點也看不出有什麼恐怖的，不過，當他稍微想到那種籠罩在這種高峰上的永恆的冰凍淒涼景態時，他也許會自然而然地想到，如果一旦迷失在這樣杳無人煙的荒地裏，可該有多麼可怖。同樣的，如果有一個西部的森林地帶的人，當他看到一望無際的大草原上，覆著紛飛的白雪，連打破這個入定了似的白色境界的一棵樹、

一枝樹影都看不見的時候，他也是相當冷淡的。可是，水手在看到南極海的景色時，卻就不是這樣了；在那裏，他好像時時感到霜雪，空間有鬼神在耍可怖的妖法，教他抖索著，有如船隻已給撞破了似的，而不是看到那種滿露希望的虹彩，可以安慰他的慘境，他看到的似乎就是一片遼闊的墓地，和它那冰封細長的墓碑以及開裂了的十字架在對他冷笑。

但是，你所說的這番關於白色的粉飾似的插話，我卻認為就正是從懦夫心裏扯出來的一面白旗；以實瑪利呀，我看你就乾脆對憂鬱症投降吧。

那麼，請你告訴我吧，有一種茁壯的小馬，牠生長在威爾滿的平靜的山谷裏，遠離了所有的猛獸──而為什麼在日麗風和時分，如果你拿一塊鮮水牛皮在牠背後一抖（這樣牠甚至連看都看不到，只嗅到野獸的肉香）──為什麼牠就會砰地一跳，吸吸鼻子，突出眼睛，心慌意亂地盡跺著地呢？在牠那種青翠的北方大家庭中，牠根本就沒有任何野物的血腥氣的印象，所以，牠所聞到的那種奇特肉香，任怎樣也叫牠聯想不起以前的危險的經驗來；因為，這種新英格蘭的小馬，怎樣會知道遙遠的奧勒岡州的黑野牛呢？

不，在這地方，你甚至在一種不能說話的野獸身上，也看到了世間那種具有魔性似的認知本能。這

種小馬雖然隔開奧勒岡有好幾千哩，但是，牠一嗅到那種生肉香，那種狂衝猛牴的野牛群就當即出現在大草原中的野馬眼前了，也許這些牛群這時正在慢步出現。

於是，那種乳白色的海洋的隱隱翻騰聲，那種覆蓋冰霜的山巒的淒惻颯颯聲，那種大草原上風乾了的雪花的孤寂飄動聲；所有這些東西，在以實瑪利看來，可就跟那張使小馬嚇慌了的抖動的水牛血皮一樣呵！

雖然，對這種不熟悉的事物為什麼會產生出這樣神秘的印象，我一點兒也不知道；然而，我就跟那小馬一樣，總認為這些東西一定是存在什麼地方。雖然在許多方面看來，這個眼所能見的世界似乎是由愛所構成，但是，那個眼不能見的天體卻又是恐懼所構成的。

但是，這種咒文似的白色，我們還沒有把它弄清楚，白色為什麼對人類具有如此魔力，也還沒有弄明白；而且，更其奇特而愈發凶兆重重的是——如同我們已經說過了的，白色為什麼同時就是最具有意義的神力的徵象，又是基督教的神的面具；而且事實上就是如此：一切事物中的強化了的神力，就是最使人類可怕的東西。

當我們看到銀河那白色的深淵的時候，是不是可以說它是藉著它的無定量性來遮掩宇宙的無底的空

虛和無根的空間，又暗地裏懷著消滅我們的惡意來傷害我們呢？還是說，就本質說來，白色並不像是完全無色的一種顏色；同時又是各種顏色的具體物，是不是說，因此我們就認為，在一大片雪景中，就有這樣一片意義深長的、沒有光彩的空白——一種我們所害怕的毫無色彩的，而又非常具有色彩的無神論呢？不過，當我們來研究一下自然哲學家們的另一種理論時，那就發現世間各種色彩——各種壯麗的或者可愛的美飾——夕陽西下的天際和樹林裏的可愛的色調；而且還有鑲著天鵝絨似的蝴蝶，和少女的蝴蝶似的面孔；所有這些都不過是巧妙的欺詐，都不是實際上的固有的本質，而不過是從外部敷上去的東西，所以，神化了的大自然全然像是妓女的塗脂抹粉一樣，她們只是用引誘力來掩蓋那藏骸所似的內部；我們如果再行引伸下去，研究一下神秘的宇宙，它雖產生了每一種色澤，產生了偉大的光學原理，但它本身卻始終是白色的或者是無色的，如果它對物質起作用而缺乏媒質的話，那它所能渲染一切物體的，包括鬱金香和玫瑰花在內，是只能靠它自己的蒼茫的色調了。把一切仔細地想了以後，那麼躺在我們面前的這個癱瘓了似的宇宙就是一個瘋瘋病人，於是像是在拉伯蘭的那些固執的旅行者一樣，他們由於不肯戴上有色的和著色的眼鏡，才弄得他們自己那副可憐而沒

有信心的眼力，一望到周圍那種墓碣幢幢的白色景物就發盲了。白鯨就是這一切事物的代表。那麼，你們對這種激烈的捕獵可覺得驚訝嗎？

【注解】

① 易洛魁部落──原為北美洲印第安人中最強大的部落，共包括有三十八個氏族。

② 《新約‧啟示錄》第一章十四節：「祂的頭與髮皆白，如白羊毛，如雪……」又第四章四節：「……有二十四個座位，其上坐著二十四個長老身穿白衣，頭上戴著金冠冕。」

③ 原注：提到北極熊，那些樂於對這問題更進一步鑽研的人可能會強調說：話得分開來說，使人覺得這種野物的猙獰可怕的並不是這種白色；分析起來，應該說，使人覺得可怕與否，還應視具體情形而定，因為在這種動物的胡作胡為的兇猛性中，還含有無比的天真與可愛，因此，如果我們把這兩種全然相反的表情同時想想的話，那麼北極熊之使我們恐懼，就有一種十分不同的性質。不過就算這一切都是正確的；然而要不是為了那種白色，那你大概也不至於那麼嚇得要命吧。

至於白鯊魚，就牠那正常的情況來說，這種動物在滑走的時候那種白得像幽靈似的恬靜姿態，可真跟那北極四腳動物的性質異相吻合。這種特點在法國人替牠所起的名字上，就表現得最有神韻了。天主教給死人做彌撒的時候，開頭總要說Requiem eternam（拉丁文：永遠的安息），而所謂Requiem指的就是彌撒本身和任何一種葬儀的音樂。因此，為了要引喻這種鯊魚的白色，如死般的恬靜，寧寂以及牠的習性的無與倫比的靜寂，法國人就管牠叫了Requin了。

④ 撒木耳‧泰勒‧柯立治（1772~1834）──英國詩人，批評家，哲學家。他寫有《古舟子詠》一詩，描寫一個水手在船遇風暴漂到南極時，遇到一隻信天翁後，水手把信天翁打死了，上帝責罰他到處傳道，勸人應該愛惜與尊重造物

主所創造的一切生物。

⑤原注：我記起我所看到的第一隻信天翁來。那是在靠近南極海上大風刮個不停的時分。當我午前在艙裏休息過後，登上那灰蒙蒙的甲板；想衝上大艙口去，我突然看到了一隻帝王也似的鳥類，全身雪白，一無斑駁，有著一個大大的、羅馬式的鈎嘴。牠時時拱起牠那天使長似的大翅膀，彷彿要去擁抱什麼神聖的方舟似的。牠那神妙的鼓時，很有規律地震動著。雖然牠身體毫未受傷，卻在發出哭叫聲，活像是什麼帝王的鬼魂在不可思議的災難裏哭喊。從牠那難以描摹的、奇異的眼色中，我認為我已窺探到牠掌握有上帝的秘密。我像亞拉伯罕對著天使一樣，連忙打躬，那隻白色的東西顏色這麼白，翅膀又這麼闊大，使得我在那永遭放逐的海洋裏，頓時把那些傳統的和城市的可憐的歪曲的記憶都忘卻了。我長久地凝注著那隻奇異的禽鳥。我對那隻當時直穿透了我的心靈的東西，真說不出個所以然來，只能隱隱約約地辨認。最後我終於甦醒過來；轉過頭去問水手，那是一種什麼鳥。一種信天翁，他答道。信天翁。我從來沒有聽到過這名字；這是可以想像的麼，這種壯麗的東西竟是陸地人所全然無知的！從來沒有聽到過！不過，過了一些時，我才知道這是水手們對這種鳥的一種叫法（這裏指的是水手們把信天翁Albatrogg叫做Goney——譯者）。因此，柯立治的狂熱的詩句，跟我當時在甲板上看到那隻鳥時的神秘印象，是絲毫沒有關聯的可能的。因為，當時我既沒有念過那些詩句，也不知道那隻鳥就叫信天翁。然而，話雖如此，我卻也間接地為這詩歌和這詩人的高貴的價值略微增添一點光彩了。

於是，我堅稱，在這種渾身白色的奇妙的鳥身上，主要地就隱存有一種符咒的秘密；這證諸有一種由於用詞不當而被稱為灰信天翁的鳥，便更見確實了；雖然我常常見到這種鳥，卻從來沒有像我看到這隻南極鳥時具有這樣的衝動。

可是，這隻神秘的東西是怎樣被捉到的呢？請別作聲，容我道來；當牠在海上漂的時候，用一個詭詐的鈎子和一根

繩子就行了。最後，船長叫牠當一下信差，在牠的頭上縛著一件似皮製的、有字的符印，上面寫著船隻的時間和地點；然後，就讓牠飛走。但是，我確定，那塊似皮製的符印，按照人類的本意，是要牠飛到那合著翅膀，有祈求力，受人崇拜的小天使群裏，去交給天國的。

⑥薛西斯（公元前485~465年）──波斯王。

⑦天老兒（Albino）──患先天性白症的膚髮蒼白者，南方人稱為羊白頭。

⑧1379年東法蘭德斯的根脫人，由於不滿外族統治者，群起組織白巾黨以反抗統治者，在約亨‧里昂的領導下，白巾黨在根脫市集上殺死了一個監守者。

⑨約翰‧弗拉薩（1337~1410）──法國年代記作者，著有年代記四部，專記英、法，古代法蘭德斯，西班牙十三世紀的大事。

⑩《新約‧啟示錄》第六章八節：「我就觀看，見有一匹灰色馬。騎在馬上的，名字叫作死……」

⑪白袍僧和白衣尼──白袍僧又稱卡密耳山教團，為十二世紀一個義大利十字軍戰士所創，後該團於十五世紀又組白衣尼，同屬這教派。

⑫哈爾茲森林──哈爾茲山脈，在德國極東部，遍山盡是森林，故稱哈爾茲森林。

⑬指哈爾茲森林的惡魔王。

⑭布洛克堡，又稱布洛墾，為哈爾茲山脈的頂峰，高達3760餘呎，由於鬱鬱蒼蒼，流傳有許多民間傳說。據說每年五月一日，係八世紀時一女聖徒瓦普幾司的祭日，是時舉行夜會，魔女等各乘掃帚、火鏟、山羊、犬，疾翔到布洛墾，對魔王行朝見之禮，大張宴席，各與其情夫魔貪行淫樂。

⑮利馬大教堂建於1535年，1746年遭大地震震垮後又重建。

⑯弗朗西斯柯‧披扎羅（1478~1541）──秘魯的征服者和發現者，當時將利馬作為西班牙總督的所在地，後即成為秘魯的首都。

現在，這裏有兩隻大鯨，牠們兩隻頭湊在一起；讓我們也跟牠們一道，把我們自己的頭湊在一起吧。

在大號的對開式大海獸中，算抹香鯨和露脊鯨最為著名。牠們就是人類經常捕獵的一種大鯨。在南塔克特人看來，牠們代表著一切已知的鯨類之兩極。因為牠們外表上的不同，主要就表現在牠們的頭上；而因為現在這隻頭是各掛在皮庫德號的兩側；我們只消跨過甲板，就可以隨意看看這隻，望望那隻——請問，你要實地研究鯨類學，哪裏找得到比這更好的機會呢？

首先，你準會被這兩隻頭的一般差別嚇了一跳。那兩隻頭真夠大；不過，可惜抹香鯨頭的那種精密勻稱卻是露脊鯨所沒有的。抹香鯨頭還具有更多的特徵。當你對牠諦視一番，牠那種赫赫威儀，就會教你不由自主地降服於它那種無限的尊嚴。在現在這個場合上，這種威儀也由於牠那頭頂心有著顯出年高德劭、閱歷豐富的胡椒和食鹽的顏色而愈發顯明了。總之，牠就是捕魚人特稱「白頭鯨」的東西。

現在讓我們來看看這兩隻頭的最不相同的地方吧——那就是，那兩個最主要的器官、眼睛和耳朵。在鯨頭的極後邊，還要下面一些，在靠近嘴角的左右兩邊，如果你仔細地找一找，最後就可以看

到一隻沒有睫毛的眼睛，你也許會把它當作一隻小馬的眼睛，因為眼睛之小跟那頭顱之大竟是如此極不相稱。

那麼，按照大鯨的眼睛這種長在側方的特殊位置上看來，牠顯然是永遠看不到正前方的東西，也一樣看不到正後方的東西。總括一句，鯨眼的位置正相當於人類的耳朵的位置；那麼你可以想一想，換了是你，你該怎麼辦，你曾經用你的耳朵往斜裏看過東西嗎？你準會發覺你只能控制正斜方前後三十度的視力而已。因此，如果你的最狠心的敵人，在大白天裏，手裏舉起一把匕首，正朝你直走過來的時候，你一定看不到他，正如不能看到他從背後躡手躡腳來攻擊你一樣。總之，彷彿你就該長兩個背脊了，而且，同時，也得長有兩個面孔（側臉）了；因為構成一個人的面孔的是什麼呀——不就正是一對眼睛嗎？

而且，就我這時所能想到的其他多數動物說來，兩隻眼睛的這麼長法是會叫牠們不知不覺地把視力交混起來，使得腦海裏產生出一個而不是兩個景象的；可是，鯨眼的這種特殊的位置，牠們實際上卻讓好幾平方呎的立體的頭顱給分割開來，而那隻頭，高踞在它們中間，猶如一座大山把溪谷裏分成兩個大湖；這自然一定會完全把那各自獨立的器官所獲得的印象給分割了。因此，大鯨一定是在這邊

看到了一幅明晰的景象了；至於所有那些處在中間的東西，在牠看來就一定是漆黑一團、空無所有。實際上，人類觀察世界萬物，可說是從一個有兩隻連在一起的玻璃窗框的哨亭裏望出去的。可是，就大鯨說來，這兩隻窗框卻是各自分開裝置，結果雖是兩扇明亮的玻璃窗，可惜卻損傷了視覺。鯨眼的這種特點就是捕鯨業中必須時刻謹記在心；也是讀者在以後的若干場景中勢得回想到的一件事情。

關於說到大海獸這種視覺方面的事情，也許會引起一個奇特而最使人迷惑的問題。不過，我必須一說為快。既然人的眼睛是在光線裏張開來的，那麼，這種觀看的動作應該說是不知不覺的了；就是說，他勢必是無意識地看到一切顯現在他眼前的東西。話雖如此，任何一個人的經驗都會告訴他，儘管他一轉眼間可以無差別地看到一切事情，然而，要他同時一下子全神貫注而完整地細察任何兩件東西——不管是大是小——，不管這兩件東西並列著或者彼此靠攏著，都是完全不可能的。不過，如果你現在把這兩樣東西給分開來，而且各給圍上漆黑的一圈，那麼，為了要看清這兩件東西中的一件，你又是抱著一種存心要看牢一樣東西的態度的話，另一件東西一定會被你的暫時的感覺完全排拒了。那麼，大鯨又是怎樣呢？不錯，鯨的兩隻眼睛，在眼睛的本身說來，一定是同時行動的；可是，難道

牠的頭腦會遠比人類更具有理解力、組合力而且更為敏感，能夠同時專注地細察到兩樣不同的東西：一件在牠這樣，一件卻在正相反的一方嗎？如果牠能夠，那麼，這就像一個人能夠同時解決歐幾里得兩個不同的論證問題一樣的不可思議了。不過，嚴格地考查一下，這種比喻也並不是毫不相稱的。

說起來，這也許是個跡近毫無根據的狂想，可是，我總覺得，有一些鯨，在遭到三四隻小艇圍攻的時候，牠們所表現出來的那種格外躊躇不定的動作；那麼畏縮而易陷於異乎尋常的驚駭的態度，正是牠們的通性。因此，我認為這種種由於意志紛亂無能而間接產生出來的現象，一定是跟牠們那兩邊對峙的視覺極有關係的。

但是，鯨的耳朵也完全跟牠的眼睛一樣的奇特。如果你對牠們的族類是全然無知的話，你準會對這兩隻大頭搜索了幾個鐘頭而始終找不到那個器官。牠那耳朵根本就沒有什麼外殼；那隻洞孔，小得出奇，簡直連一支鵝毛管也插不進去。牠就長在眼睛稍後一點的地方。說到牠們的耳朵，就可以看到抹香鯨與露脊鯨的主要差別了。抹香鯨的耳朵有一個表面的洞孔，而露脊鯨的耳朵卻完全是四平八伏地蓋著一層薄膜，從外邊簡直很難叫人看得出來。

像鯨這樣龐然大物，竟是通過這麼細小的眼睛來觀察萬物，通過比兔子還小的耳朵來聆聽雷聲，這

可不奇怪嗎？不過，如果牠的眼睛長得像赫舍爾①的大望遠鏡的透鏡一樣大；牠的耳朵又生得像大教堂的門廊一樣寬的話，這是不是就會教牠看得更遠，聽得更清呢？那倒不一定。——那麼，你為什麼要設法「擴大」你的智力呢？你倒仔細分析一下看。

現在，讓我們用手邊所有的什麼欄杆和蒸汽機來把那隻鯨頭翻個轉身吧，這樣，牠就可以仰天躺起；然後，用一架梯子爬到那峰顛去，往下瞧一瞧牠的嘴巴；如果牠那身體現在不是已經跟腦袋分了家的話，我們還可以拿一支燈籠，直跨進牠那肯塔基的大鐘乳洞②一般的肚皮裏去呢。不過，我們就停在牠這隻牙齒上，看看我們是在什麼地方吧！啊，這隻嘴巴真是多麼漂亮多麼雅致呀！從地板到天花板都有鑲裏，或者不如說是用一層白色薄膜裱褙的，光輝閃爍，宛如新娘穿的緞子。

那麼，現在請走出來，看看這可怕的下顎吧，它似乎很像一隻大鼻煙盒的狹長蓋子，開關的鉸鏈是裝在一端而不是裝在邊上的。如果你把它往上一撬，好教它張在你的頭頂上，露出它那許多牙齒，它真像是城門上的一排可怕的格子吊閘；喲，那些個牙齒！這些像尖鐵一般的東西，一經使起打樁一樣的力氣，對誰敲將下來，可要叫多少可憐的捕魚者歸天啊！可是，更教人看得心驚膽戰的是，你看到一隻滿面怒容的鯨，在海裏張起十五呎長的大下

巴顎，翻浮在水面上，下顎垂掛得跟身體成為一個直角，隨你怎樣看，都跟一隻船的第二桅檣一模一樣。這種鯨可不是死的；牠只是沒有精神；也許有點不舒服，患了憂鬱症，這才仰躺在那裏，連下巴的鉸鏈也鬆脫了，落得一副慘象，成為牠全族類的唾罵對象，牠們毫無疑問一定會禱求上天使牠害牙關緊閉症的。

這個下巴——有經驗的老手可以很容易地把它卸開來——大都是在卸開以後，就拉上甲板來，以便拔掉它那些象牙一般的牙齒，同時把那種又白又硬的鯨鬚去供給捕鯨人做出各式各樣奇珍異品，諸如手杖、雨傘骨、馬鞭柄等。

經過好久的辛苦拖曳後，那具下巴終於像一隻大錨一般被拖上船來；等到相當的時間——幹完了其他工作的幾天後——魁魁格、大個兒和塔斯蒂哥，這些本來就熟練的牙科醫生，便開始來拔牙齒了。那時候，魁魁格手裏拿著一把銳利的剖魚鏟子，直向牙齦戳去；接著，便把那具下巴用繩子緊縛在螺旋釘上，上面早已掛好覆滑車，他們就像密執安的公牛在野林裏拔老櫟樹根一般，把這些牙齒給拔了出來。鯨通常長有四十二顆牙齒；至於老鯨，雖然沒有朽爛，卻大都磨損了，而且也派不了做我們那種精巧的手藝品的用場。以後，他們就把下巴鋸成片片，好像準備用來建造房屋的托梁一般，把它們

堆在一旁。

【注解】
①威廉‧赫舍爾（1738~1822）──英國天文學家，他在1774
　年做成了他第一具望遠鏡，以後又做出了各種望遠鏡。
　1789年他做成一具焦距40呎、鏡徑4呎的大望遠鏡。
②肯塔基的大鐘乳洞──在美國肯塔基的埃德蒙遜郡，是世
　界最大的一個洞穴。

75
露脊鯨頭
——對比圖

　　現在讓我們穿過甲板，去仔細瞧瞧這隻露脊鯨頭吧。

　　因為在總的形狀說來，那隻高貴的抹香鯨頭也許可以跟古羅馬的戰車相媲美（尤其是牠那隻真是又大又圓的面孔）；所以，概括地看來，那隻露脊鯨頭，倒有幾分粗具一隻狹長的大鞋子的樣子。兩百年前，有一個荷蘭航海家把牠的樣子比擬作一隻鞋匠的鞋型。就在這一隻鞋型或者鞋子裏，童話裏那個有著豐隆的兒女的老婦和她所有的子孫也許可以住得十分舒服呢。

　　但是，當你再朝這顆大頭走近一點，根據你的觀點的不同，牠就有各種不同的外形。如果你站在牠的頭頂上，對這兩個 f 型的噴水孔望一望，你就會把整個頭當成一隻低音大提琴，而那些個噴孔，就是大提琴的聲板上的壁孔。接著，如果你再定睛望著那大頭頂上的奇特、隆起、雞冠形的覆蓋物——這種碧綠而纏來纏去的東西，格陵蘭人管牠叫「王冠」，南海的漁人卻管牠叫露脊鯨的「帽子」；你只要把眼睛緊瞪在這件東西上，你就會把這顆大頭當成一棵大櫟樹的樹幹，樹椏上還築有一個鳥巢。總之，當你看到蹲在這頂帽子上的那些活蟹的時候，包準你幾乎就會有這樣的想法；除非是你的想法確實已經著眼在牠那另一個專門名稱「王冠」上。如果是這樣的話，你就會極感興趣地揣思

起來，這大怪物怎麼實際上就是海上的有冠之王，牠那頂綠帽子竟是這樣稀奇古怪的掇拾攏來的。不過，如果這隻鯨是一個國王，那牠就正是一個戴了皇冠、相貌十分陰森的傢伙。瞧牠那低掛的下唇！多麼陰森又多麼倔氣呀！這件又陰森又倔器的東西，根據木匠的尺寸，約莫有二十來呎長，五呎縱深；這件又陰森又倔氣的東西，卻會給你出產五百多加侖的油量。

真可惜，你瞧，這隻不幸的鯨竟然是缺嘴的。那裂隙約近一呎闊。大概牠母親在緊要關頭，正循著秘魯沿海下游游去的時候，恰好碰上地震把海灘震裂了的緣故。我們像跨過一個滑溜溜的門檻似的，跨過這片嘴唇，已經不知不覺地走進牠的嘴裏了。要是我在馬啟諾海峽的話，我準會以為是走進了一間印第安人的小屋。天呀！這就是約拿走過的路麼？屋頂約有十二呎高，成一個很銳的角度，彷彿有一根正常的棟梁撐在那裏似的；而那嶙峋起伏、拱彎而毛茸茸的兩邊，就教我們看到了那些奇奇怪怪、半垂直的、彎刀形的鯨鬚，大約一邊有三百根，這些都從頭顱或者冠骨的上部掛下來，形成我們已在另一處略微提過的那種細長窗簾。這些鬚骨的四邊都結有許多毛茸茸的筋筋，當露脊鯨張大了口向小魚群裏游去捕食的時候，牠就通過這些筋筋來濾水，把那些小魚給留住在這些機關裏。在這些

細長窗簾的鬚骨中間，按照牠們那天生的情況，有一些奇怪的記號，有弧形的，有凹空的，有山脊形的，捕鯨人就靠這些東西來計算牠的年齡，一如判斷檞樹的年齡，是靠它外邊一圈圈的環狀一樣。雖然這種標準的確定性很不準確，然而，也有幾分相近的可能性。總之，如果我們相信這個算法的話，那我們就得比初眼一看的時候，再給露脊鯨多加很多的歲數，才似乎比較合理一些。

在古代，對於這些細長的窗簾，似乎曾流行過一些最為奇特的想法。在柏查斯①的著作中，有一個旅客管它們叫做鯨嘴裏的「鬍鬚」②；又有人管它叫「豬鬃」；更還有一個在哈克魯脫③的著作中的老先生，以下列這個文雅的話來說明：「在牠的上顎的兩邊，各長有約二百五十根鰭狀物，各從一邊拱罩著牠的舌頭。」

如所周知，這種叫做「豬鬃」，「鰭狀物」，「鬍鬚」，「細長簾子」或者隨你高興怎樣稱呼的東西，就正是給太太們做勒腰帶和其他硬襯的小玩意兒的材料。不過，在這方面說來，需求早已日趨消褪。這種鬚骨的黃金時代，還是在安恩女皇的時代，當時盛行著用鯨骨箍來擴大女人的裙子。雖然當那些古代美人在快活自如地走來走去的時候，也許你會說，好像是在鯨嘴裏那樣，正如我們在今天，遇上一場陣頭雨，會同樣毫不思索地飛快跑到

那嘴裏去躲躲雨一樣；雨傘本來就是蒙在這種鬚骨上的一個帳幕。

現在我們暫且把有關細長簾子和鬍鬚這些東西擱在一邊。站到露脊鯨的嘴裏去，重新來看一看四周的景緻吧。看到所有這些非常有條不紊地排列著的廊柱似的鬚骨頭，難道你不會以為是置身在那種哈爾雷姆④的大風琴裏面，而正在瞅著它那無數的聲管嗎？說到要有一條通向風琴的地氈，我們就有一條最柔軟的土耳其地毯——舌頭，牠彷彿是黏著在嘴巴的地板上。這條舌頭，又肥又嫩，如果把牠拉上甲板去，很容易把它撕成片片。現在擺在我們面前的這個特別的舌頭，我眼睛一掠，就會說它是一隻六大桶⑤的東西；就是說，它大約可以為你出產如此數量的油來。

到這裏為止，你一定已經清楚地看到我在開頭時所說的正確性來了——就是說，抹香鯨和露脊鯨簡直是有全然不同的頭顱的。那麼，歸納起來說：在露脊鯨的頭裏，並沒有大量的油源，根本沒有牙骨一般的齒，也沒有像抹香鯨一樣的、修長的下顎。而在抹香鯨的嘴裏，卻一點也沒有那種細長簾子一般的鬚骨，沒有大大的下唇，根本也沒有一根舌頭似的東西。再說，露脊鯨的外邊有兩個噴水孔，抹香鯨卻只有一個。

那麼，趁牠們現在還擺在一起的時候，請你最後

再望一望這兩顆包紮得緊緊密密的森嚴的頭顱吧，因為一顆就要毫無標記地拋進海裏，另一顆，不多久也要跟著下去了。

你可看到那隻抹香鯨的表情嗎？牠活著也是這副模樣，只不過前額上的幾條比較長的皺紋，現在似乎已經消失了。我認為牠那昂闊的天庭，就完全具有一種似大草原的恬靜情調，天生就是一副視死如歸的氣概。可是，再看一看另一隻頭的表情吧。看牠那片不幸給船舷撞扁了因而緊閉著嘴的驚人的下唇吧，這整副嘴臉可不像是表示出一副臨死不屈的巨大決心嗎？我認定這隻露脊鯨原來一定是個禁慾家；那隻抹香鯨一定是個柏拉圖主義者，牠在晚年也許已把斯賓諾沙收做徒弟了。

【注解】
①撒母耳‧柏查斯（1575~1626）──英國作家、牧師，著有《柏查斯遊記》五卷。
②原注：這使我們想到，露脊鯨確實有鬍鬚，或者是類似於短髭這樣的東西，那就是在牠下顎外端的頂上部的地方有稀稀落落的幾根白毛。這些鬍子往往給牠那在另方面說來是很威嚴的外貌增添了一種土匪氣。
③理查‧哈克魯脫（1552~1616）──英國地理學家，著有幾本遊記。
④哈爾雷姆──荷蘭的一個城市。據說在1735~1738年間，那裏造出一種風琴，有五千個聲管，是世界最大的一種風琴。
⑤一種有六大桶（每桶三十六加侖）容量的桶子。

狹長的麻六甲半島，從緬甸地方向東南方伸展下來，形成整個亞洲的極南角。這個半島以一條連續不斷的線路展開了一長串的島嶼：蘇門答臘島，爪哇島，峇厘島和帝汶島；這些島嶼連同其他許多島嶼，構成了一條巨大的突堤，或者叫做壁壘，縱連亞澳兩洲，把那個野性難馴的大印度洋跟東方那些星羅棋布的群島給分隔開來。這個壁壘卻被一些為了便利船隻的大鯨往來的暗門所洞穿了；其中最惹人注目的就是巽他海峽和麻六甲海峽。船隻駛向中國，主要就是循巽他海峽向西而進入中國海。

那個狹小的巽他海峽，把蘇門答臘與爪哇給隔開來；而攔在那兩個壁壘似的大島的中間，卻被那個終年碧綠、水手們管它叫爪哇岬的突出的海岬撐住著；它們很像通向一種城牆高築的大帝國的主門：而且就那些取之不盡的財富香料、絲綢、珠寶、黃金和象牙說來，東方大洋的無數島嶼，正是藉著這些東西而富裕起來的，這似乎就是得天獨厚的重要物質，所以這樣一些財寶，由於這種地理形勢至少就具有一種小心戒備的外表（不管是否有效），以免遭受西方世界的巧取豪奪。巽他海峽的沿海一帶，並沒有設備著許多像防守地中海，波羅的海，普羅蓬提斯海的入口一般的作威作福的要塞。這些東方人，跟丹麥人不一樣，他們並不要求那些順風而來，行列無盡無止的船隻，對他們放下中桅帆以

示諂媚的敬意，那些船隻在過去幾百年間，都已經不分晝夜，滿載著東方最貴重的貨物，穿過蘇門答臘和爪哇間的許多島嶼了。不過，他們雖然自願放棄如此的禮儀，可絕不會放棄更可靠的貢禮的要求。

在太古時代，那些馬來的海盜快帆船，就隱藏在蘇門答臘的矮林低覆的窄灣小島間，遇見船隻在海峽中航行，就突出襲擊，窮凶極惡地以他們的槍尖來要求貢禮。雖然他們曾一再遭到歐洲巡洋艦惡毒的懲罰，使得這些海盜的膽大妄為近來已逐漸收斂下來；然而，甚至時至今日，我們還偶然會聽到說，在這帶地方，有些英美船隻曾經遭到殘忍的洗劫。

這時，隨著一陣暢快的疾風，皮庫德號正逐漸駛近這些海峽；亞哈打算經過這些海峽，進入爪哇海，然後再朝北進去，橫過那些據說是到處都有大抹香鯨出沒的海洋，掠過菲律賓群島的沿海，而到達遼遠的日本海，以便及時趕上那邊的大鯨季。這樣做法，這艘環遊世界的皮庫德號在駛遍世界一切著名的抹香鯨巡邏漁場後，幾乎就突然衝到太平洋上的赤道線去了，雖然亞哈到處都追蹤不到莫比‧狄克，但是，他卻堅定地指望要在這個人所共知的、是牠經常出沒的海洋上，跟牠一決勝負；況且，又正碰到一個估計得很是真切的、牠一定要在

那裏出沒的季節。

　但是，在這樣環行的追蹤中，現在的情況怎樣啦？亞哈是不是連地面也看不到？他那些水手可會喝空氣麼？當然啦，他是會把船停下來裝水的。不，那隻在火熱的圈子裏，像賽馬似的環奔了好久的太陽，除了全靠自己以外，是不需要什麼接濟的。亞哈就是這般模樣。必須記住，這也就是一般捕鯨船的情形。當其他許多船隻都裝滿大批外國貨物，正要轉運到其他外國碼頭去的時候，這艘浪遊世界的捕鯨船卻除了裝有它自己和許多水手以及一些武器和他們的欲望以外，什麼貨物都沒有。它有整個大湖的水量，裝了瓶子，藏在它那寬大的艙裏。它裝足了許多用具，還不包括那些不能用的生鉛和壓艙鐵。它裝有好幾年的飲水，清澈、上好的陳年南塔克特水。當大船在太平洋上飄蕩三年的期間裏，南塔克特人喜愛先飲掉這些水後，才去喝那些還是昨天剛划木筏到秘魯或者印第安的溪流用大桶裝來的帶有鹽味的水。因此，在其他的船隻也許已經從紐約到中國打了個來回，經過了許多港埠，而捕鯨船卻在這整段期間內，連一塊泥土都還沒有見到；它的水手除了看到一些像他們一樣的飄泛在海上的水手外，也看不到一個人。所以，如果你給他們捎個信兒說，第二次洪水又氾濫；他們準會回答：「好吧，伙伴們，這裏就是方舟！」

且說由於在爪哇海面的西邊，在巽他海峽的附近，過去都曾捕到許多抹香鯨；更由於捕鯨人們一般都把大部分的迂迴曲折的地區認為是巡邏的最好地帶；因此，當皮庫德號愈來愈駛近爪哇岬的時候，就一再地關照瞭望者，要他們充分提高警惕。不過，雖然立刻在船頭右舷隱現出了一片長滿了棕櫚樹、碧綠的、峭壁也似的大地，空間蕩漾著一般新鮮桂皮的撲鼻香氣，可是，一個噴水也沒有見到。這時，大家都差不多認為在這附近沒有碰到任何獵物的希望了。船隻也已經就要進峽。哪知就在這時，桅頂上發出一聲慣常的歡呼聲來，不一會兒，一幅非常壯麗的景象就映入我們的眼簾了。

　　但是，得先在這裏提一提，最近抹香鯨因為四面八方都遭到不斷的追擊，所以牠們現在不像以前那樣：差不多總是一小群一小群的游著，而是經常看到數目浩大的一群群了，有時結集數目之大，簡直教人以為牠們彷彿是許多國家聚在一起，在為互助互衛而歃血盟誓。由於抹香鯨集結成如此廣大的隊伍，因此才使得最近甚至在最有利的巡邏漁場，往往也會航行了幾個星期、幾個月而連一隻噴水也看不到，但接著卻突然間碰上了有時看來真有成千成萬隻的鯨。

　　這時，在船頭兩側、相距兩三哩的海面上，有一個大半圓形，環抱著半個水平面，原來是絡繹不絕

的一串大鯨的噴水，正在午刻的空中光閃閃的向上逬射著。它跟露脊鯨的筆直的雙噴水不同，雙噴水噴出來後，就在上邊分成兩支又淌下來，活像尖裂垂掛的柳枝。抹香鯨那種向前斜衝的單噴水，卻現出一叢稠密纏繞、有如灌木的白霧，不斷往上冒著，又不斷落向後邊。

這時，站在皮庫德號的甲板上看去，這條船好像就要攀上一座高山似的海洋，那堆霧濛濛的噴水，明顯地裊裊升向空際，透過那層交混著淺藍色的霧障看去，有如一個站在高崗上的騎者，在一個令人神往的秋晨突然看到一個人煙稠密的大都市無數繚繞的煙囪。

好像一支在山間行進的大軍走到了一條曲折的隘路，立刻都加速步伐，急於要走出那條險徑，想再度舒暢地走在比較安全的平原上；這一大隊現在似乎在急忙穿過海峽的鯨群，就正是這般情況；牠們慢慢地縮小著那半圓形的兩翼，緊密地擠在一起，不過還像一小彎蛾眉新月似的，繼續向前游去。

皮庫德號扯起所有的篷帆，緊追起牠們了；魚叉手們都握著他們的魚叉，在那幾隻還是吊起的小艇頭大聲歡呼。大家都相信，只要風力幫一幫忙，那麼像這麼穿過巽他海峽的追擊，這一大群鯨是只有四散逃向東方各大海，親眼看到牠們數目浩大的成員被捕了。而且，誰又料得定，莫比·狄克自己不

會暫時也游在這個密集的隊伍裏，像暹羅人的加冕行列中、那頭受人膜拜的白象那般呢！所以，我們把副帆加了又加，徑自往前直衝，追逐這些就在我們前面的大鯨；這時，突然間，又聽到了塔斯蒂哥的聲音，在高聲大叫地要我們注意後邊有些什麼東西。

好像跟我們前邊的蛾眉月遙相呼應一般，在後邊，我們又看到了另一彎蛾眉月。它像是由許多分散的白氣聚成的東西，又有點像是大鯨的噴水在起起伏伏；所不同的就是它們不完全是在漂來漂去；因為它們老是不住地盪漾著，始終不見消逝。亞哈拿起望遠鏡一瞧後，就連忙在他那隻鏇孔裏一轉，高聲大叫，「爬上去，裝上小滑車，拿水桶潑濕帆篷；——朋友，馬來人在追我們啦！」

這些歹徒也似的亞洲人好像是躲在岬後藏了很久，直等到皮庫德號正式進峽的時候，這才拚命地趕了起來，想捕捉他們剛才由於過分謹慎而耽擱了的時間。但是當這艘疾駛的皮庫德號，正順著一陣疾風，在拚命地追趕的時候；這些黃褐色的慈善家可多麼仁慈。他們也在幫著皮庫德加快速度去追擊它自己的上等獵物——他們這樣窮追，完全是在給皮庫德號大加馬鞭，大踢馬刺。當亞哈腋下夾著望遠鏡，在甲板上踱來踱去的時候；他轉身向前就看到他所追逐的那些巨獸，往後一轉，又看到那些凶

殘的海盜在追逐著他；他當時似乎就有上述這般想法。等到他看到船隻正駛進那兩邊綠壁似的水路時，他卻想起了通過那道門，就是他的復仇的去路，也看到了他所通過的這一道門，現在正是一邊被人追擊，一邊又在追逐別人，追來追去，都是奔赴他那致死的結局。不只如此，那樣殘忍野蠻的海盜和非人的無神論的惡魔，正使著他們各種咒語，在凶狠的吆喝著他向前；——所有這些奇想一掠過他的腦際，亞哈的額上就顯得嶙峋起伏，非常可怕，有如狂潮沖刷過沙灘後，來不及把那些碎石貝殼一起帶走一般。

可是在那些隨隨便便的水手中，具有這種焦慮的，卻是為數不多；這時，皮庫德號已經逐漸把那些海盜遠撇在後面，終於又疾掠過蘇門答臘旁邊的青青翠翠的科卡都小岬，出現在遼闊的海洋外面了；就在這時，魚叉手們似乎對於那些疾奔的大鯨之追近這艘船邊所感到的憂傷，遠超於這艘船之這麼勝利地逼近了馬來人所感到的歡樂。不過，再繼續緊跟在鯨群的後邊追趕了一陣後，那些鯨好像終於也把速度降低下來了，船也慢慢地逼近牠們；加上風已停息，船上已經下令要跳下小艇去了。但是，這一大群鯨，好像是出自抹香鯨的奇智，一發覺後邊有三隻小艇在追趕牠們——雖然相距還有一哩之遙——牠們就又聚攏來，列成緊密的隊伍，所

以牠們的噴水完全像是一片槍林彈雨的閃光，以加倍的速度繼續前進。

　　我們脫下衣服，只剩襯衫襯褲，把小艇一衝就衝到迷濛的白霧裏去，經過了幾個鐘頭的划槳，已經划得差不多叫人要放棄這個追逐了，這時，鯨群中卻普遍呈著一片要停下來的騷動，令人興奮的表示出，牠們現在終於都處在那種古怪的失卻自主，進退為難的窘境裏，這也就是捕鯨人在看到大鯨有這種情況時，管牠叫「嚇怕了」②的時候。這個締結了同盟的勇武的隊伍本來是迅速而堅定地游著的，可是到了這時，卻已四分五裂，潰不成軍了；就像古印度波拉斯王③的象隊跟亞歷山大作戰時一樣，牠們似乎都嚇得要發瘋了。到處都擴散成雜亂無章的大圈圈，毫無目的地游來游去，從牠們那種短促而濃密的噴水看來，牠們已明白地露出惶惑不定的窘態了。更為奇特的是，其中有些鯨彷彿完全癱瘓了，活像那些進了水、失去航駛能力的海船一般無助地飄蕩著。即使這些大鯨是一群普通的羊群，被三隻凶狠的豺狼在牧草地上追逐著，牠們也許不至於會顯得如此厲害的恐怖。不過這種暫時的膽怯差不多是一切群居動物的特徵。雖然把西部的獅鬃大野牛成萬地伙在一起，如果牠們碰上單獨一個騎手也是同樣要逃走的。再看一看人類，當他們群集在一個羊欄似的劇院裏的時候，只消聽到一聲火燒

了，那他們可會怎樣慌慌張張地狂奔到出口的地方，擠呀、踐呀、軋呀、彼此殘忍地衝來衝去，弄得要死。因此，看到我們面前這些古怪的「嚇怕了」的大鯨，最好還是不必大驚小怪，因為普天之下的野獸都不會癡思妄想著；在人類瘋性大發的時候，不至於會把牠們大批殺害。

上面已經說過，雖則有許多鯨正在激烈地轉動著，不過必須指出，就整個鯨群來說，卻都是既不前進，也不後退，而是大家都停在一塊兒。碰到這種情況，通常總是把小艇立刻散開去，各去尋找一隻落在鯨群外圍的單身鯨。所以，大約不到三分鐘，魁魁格的魚叉就晃出去了；那隻被擊傷了的鯨，沒頭沒腦地迸射出了泡沫，直濺到我們臉上，然後又像一道光似的離開我們，奔了開去，直衝到鯨群的中心裏去。不過大鯨被擊中後表現出這種動作來，倒不是前無先例的；而且老實說，這往往差不多是事先就多少估計到的；但這也是捕魚業的較會發生危險變化的一種情況。因為當那隻狂奔直闖的巨獸把你愈拖愈往如瘋如狂的鯨群中心裏去的時候，那你就只有跟這種戰戰兢兢的生活告別，去過那狂奔亂騰的生活了。

這時，那隻如盲如瞎、向前直鑽的鯨，好像在出足全力、想把緊插在牠身上那隻鐵水蛭甩掉似的；當我們盡被那些在我們周圍撞來撞去的發狂的鯨團

團團住，處於四面受敵的境地裏，一邊快速地划，一邊設法在海上殺開一條空隙來的時候，我們這隻被困的小艇就像一隻在狂風暴雨中、被冰塊衝來衝去的船隻，拚命想撐過交錯的大小海峽，生怕不知什麼時候又會被扣住了，衝破了。

但是，魁魁格卻一點也不害怕，仍然果敢地為我們把舵，一會兒，直打那擋住我們去路的巨獸身邊擦過去；一會兒又從這隻大鯨身邊掠過去，那些鯨的大裂片都高掛在我們的頭頂。斯達巴克始終站在艇頭，手裏拿著魚槍，在伸手可及之處，輕輕地（因為已經無法狠狠一戳了）朝隨便那隻鯨一戳，這樣一路的刺戳出去。槳手們也偷閒不了，雖然他們現在都完全免去了日常的差使。他們主要地就是擔任叫喊方面的工作。「閃開些，艇長！」這個叫道，因為他看到突然有一隻像單峰大駱駝似的東西冒到海面上來，好像一下子就要把我們弄翻了。「喂，轉舵當風呀！」那一個叫道，因為他看到另一隻鯨，靠著我們的舷壁，好像在泰然地用牠那大扇子似的尾巴在給自己搧風。

所有的捕鯨小艇都帶有一些精巧的小發明品，這種東西叫做「得拉格」，是南塔克特印第安人所始創的。它是把兩塊四方的、大小一樣的厚木頭緊嵌在一起，讓兩塊木頭的紋路彼此相交成直角；然後用一根相當長的繩子縛在這木塊的中間，把繩子的

另一端結成一塊活圈，使它可以立刻縛住魚叉。它主要是在碰到「嚇怕了」的鯨群才拿出來用的。因為在這時，你周圍的那些鯨已經密集得叫你無法一下子都加以追擊了。而抹香鯨又不是每天都可以碰到的；於是，既然有了機會，就得竭盡力之所及，把牠們全都捕殺了。如果你不能一下子都把牠們殺倒，那就得把牠們弄傷，這樣，可以等你以後有空的時候再慢慢地來捕殺。因此，凡是碰到這樣的場合，就用得到這種「得拉格」了。我們的小艇一共備有三支這樣的東西。頭二支都很順利地戳住了，我們看到那兩隻鯨，被斜裏拖曳著的大木頭銬住著，蹣蹣跚跚地奔開去，牠們被箍得像拖著鐵鏈鐵球的犯人。可是，把第三支甩出去的時候，在剛要把這塊笨木塊拋到海裏去時，卻被小艇的一個座位扳住了，一下子連那座位也給捲了出去、拖走了，那座位從那個槳手的屁股下面一滑，槳手也給摔到艇肚裏去。海浪就從那邊的裂洞湧了進來，不過，我們塞下了兩三件襯衫襯褲後，漏洞也就暫時給堵往了。

本來幾乎是無法把這支帶有「得拉格」的魚叉擲出去的，要不是我們一路深入了鯨群，四周的鯨已經逐漸減少的話；而且我們愈跟那亂烘烘的外圍遠隔了，那種可怕的亂嘈嘈聲似乎也在逐漸減退了。所以，當最後那支搖晃晃的魚叉一甩出去，那隻拖

著繩子的鯨就打斜裏消失了；接著，隨著牠那逐漸失勢的細小的力量，我們就悄悄地打從兩隻鯨中間閃了進去，直駛到鯨群的內核裏去，頓時我們好像從什麼山洪暴發的急流裏，駛進了一個平靜無波的湖谷。雖然外圍的鯨群依然像洶湧的狹谷似的激盪著，可是在這裏，卻只聽得著而感受不到了。在這麼一片汪洋的中心，海面顯得像緞子一般光亮滑溜（人們管它叫「滑板」），這種氣氛是由於心緒較為寧靜的鯨群噴出的稀薄水分造成的。不錯，我們現在就置身在這種寧靜得叫人失魂落魄的境地裏，據說，這就是隱藏在各種騷亂的底下的情況。不過在紛擾的遠處，我們看到那個同心圓的外圈還是騷亂不停，也瞥到了八隻一群、十隻一群的鯨接二連三地在迅疾繞來繞去，直像一圈無數的雙軛馬在團團轉；肩貼肩貼得這麼攏，教泰坦神族的馬戲團騎士可以在那些走在中間的鯨身上輕而易舉地架起箍籠來，在牠們的背上走個痛快。由於到處盡是休息著的鯨，那像港灣形的鯨群的軸心愈收愈緊，我們已經失卻突圍而出的機會了。我們置身在這個把我們團團圍住的活牆裏面，眼看只有伺隙而出了；這垛活牆只是為了要把我們關起來，才讓我們進去的。我們這樣留在大湖心中，還不時地碰上一些如馴服的母牛和小犢；也碰到這支潰不成軍的隊伍中的一些婦孺。

現在，如果把外圍許多流動著的鯨群間偶然出現的大空隙計算在內，把這些外圈的各個鯨群間的地位都計算在內的話，那麼，這時，擁有這麼許多鯨群的整個面積，至少一定有二三平方哩。總之——雖然在這樣的時間來做這樣的估計未免有點不可靠——在我們的小艇裏，已發現了噴水，而且那噴水直像是從地皮裏湧上來似的。我所以要提出這種情況，是因為那些母牛、小犢，彷彿故意被扣在這極內圈似的；彷彿直到這時，浩大的鯨群還不讓牠們知道這種停將下來的真正原因；這也許可能因為牠們都還年紀太輕，不懂世故，又十分純潔，缺乏經驗的緣故；總之不管怎樣，這些小鯨——不時地從湖邊來到我們這隻無法前進的小艇旁邊探望一番——可以說都顯出了一種出奇的無所畏懼和自信心，也可以說，是因為這種情況而使牠們不能不顯出一種失魂落魄的驚奇。牠們像一群家狗，在我們周圍嗅來嗅去，把鼻子直伸到我們的舷壁，碰碰我們的舷壁；直像有什麼符咒突然把牠們弄馴服了。魁魁格輕拍著牠們的前額；斯達巴克用他的魚槍搔搔牠們的背脊；這只是怕會出什麼事，才暫時不去戳牠們。

　　但是，當我們伏在船舷邊往下凝視時，遠處在上面這個稀奇的世界的下邊，卻另有一個更為奇特的天地映入了我們的眼簾。因為貼在這種水晶宮裏的

蒼穹中，飄泛有許多哺養小鯨的母鯨的形體，還有一些從牠們那粗大的腰圍看來，似乎不久就將做母親的母鯨。這個大湖，我已說過了，雖然很深，卻又非常明澈；一如小孩子在吃奶的時候，會安靜而定神撇開一下母親的胸脯，望一望別的地方，彷彿同時在過著兩種不同的生活：一邊在吸取肉體的滋養，精神上又在飽享一些神秘的追懷。——這些小鯨也正是這般模樣，牠們似乎在往上望著我們，不過又不像在望著我們這些人，因為在牠們那新生的眼光中，我們這些人不過是一些馬尾藻而已。那些游在牠們旁邊的母親，似乎也在悠閒地望著我們。在這些嬰孩中，其中有一隻，就牠那奇怪的樣子看來，似乎還不過是剛養下來不上一天的小鯨，可是牠的身長卻有十四呎模樣，腰圍也有六呎左右。這是一隻活潑的小鯨；不過因為牠的身體剛離母腹不久，似乎還擺脫不掉那種令人討厭的姿勢，因為牠在母體裏，本來就從尾到頭，曲得像韃靼人的一把隨時待發的弓。牠那細巧的邊鰭和那裂尾片，都還保有一種像剛從什麼陌生地方來的嬰孩耳朵的皺皺褶褶的外形。

「繩子！繩子！」魁魁格在舷邊俯望著，叫道，「牠拴住啦！牠拴住啦！——是誰拴的！是誰打的？——兩隻鯨；一大一小！」

「你怎麼啦，夥計？」斯達巴克嚷道。

「你瞧，」魁魁格指著水底，說道。

彷彿是一隻被打傷了的鯨，索桶裏已經拉出了好幾百呎長的繩索把牠拴住了；彷彿牠在深潛到海底後，又浮了起來，弄得那根又鬆又捲的繩索，成螺旋形地直向空中浮冒起來；這時，斯達巴克所看到的，就是這般情況。原來是一隻鯨太太的一大捲臍帶，而那隻小鯨似乎還跟牠母親連在一起。在變化多端的追捕中，這並不是罕見的事，這根天然繩子，往往一從母鯨後邊脫落下來，就跟那根麻繩糾纏在一起，所以也把那隻小鯨給套住了。在這個令人迷惑的大池裏，好像海洋的一些極難解的秘密也給我們揭露出來了。我們竟看到了小鯨在海底裏的桃色事件④。

這樣，雖然包圍著牠們的是一圈又一圈的驚惶失措的鯨群，可是，這些置身在中央的不可思議的動物卻還悠游自在、無所畏懼地沉迷於太平生活裏；不錯，牠們寧靜地耽溺於縱情恣樂中。而且，我也是這樣，我自己雖然處在旋風似的大西洋中心，我內心裏卻始終異常安定地嬉戲著；而當災難重重的星宿盡在繞著我轉的時候，儘管愁困不堪，走投無路，我還是沉浸在永恆歡樂的柔情中。

這時，我們就這樣神情恍惚地留在那裏，但從遠處不時出現的急遽、狂亂的場面看來，說明其他的小艇還在繼續活動，還在對邊疆的鯨群使用「得拉

格」；或者可能是在第一圈裏作戰，因為那裏地方很大，有可以退卻周旋的餘地。但是，那些被「得拉格」扣住了的憤怒的鯨，不時地在圈圈裏瞎撞瞎撞的景致，我們可再也看不到了。通常在拴住了一隻力氣非常大、非常機靈的鯨時，好像為了要設法把牠弄傷，就得把牠那巨大的鯨尾給割裂了或者使它甩不動。這就得使起一支短柄的砍魚鏟，鏟上拴有一根可以再把它拉回來的繩子。在這種部位受了傷的鯨（這我們後來才知道），好像實際上並沒有跟小艇脫離關係，牠還拖著半截魚叉繩；而且由於格外傷痛，牠便在那些旋來轉去的圈圈裏衝來衝去，直像那個在薩拉托加戰役中單槍匹馬、奮不顧身、倉皇狼狽、不知要逃往何方的阿諾德⑤。

　　不過，這隻鯨的負傷雖是這般苦痛，景象看來也夠駭人；然而，由於起先我們隔得太遠，看不清楚，所以沒有看到牠似乎是要用這種特別恐怖來激動整個鯨群的意圖。最後，我們這才看到了一個可說是捕魚業中的不可想像的事故，原來這隻鯨不只是跟牠所拖著魚叉繩子糾纏在一起，還拖著那隻砍鯨鏟一起奔走；而那根縛在砍鯨鏟上的繩尾，也跟那纏在牠尾巴上的魚叉繩攪在一起，因此那把砍鯨鏟給晃鬆了，從牠的身上脫落下來。所以，因為牠痛得發狂，現在就在水裏翻騰，激烈地揮舞著牠的柔軟的尾巴，把那把銳利的鏟子在牠四周亂甩亂

滾，殺傷起牠自己的同伴來了。

這個可怕的傢伙，似乎要把整個鯨群從牠們那呆定的狀態裏給喚醒過來。於是，那些成為我們的湖緣的鯨便開始擠攏了一點，彼此碰來撞去，彷彿讓遠方衝來的、已近尾聲的波濤撞了一撞；接著這大湖本身也開始有氣無力地晃蕩了一陣，水底裏的新房和育兒室便消逝了；這樣愈擠愈緊，那些在比較中央的鯨也開始密密累累地游了起來。不錯，長時期的靜止已在逐漸消失了。立刻就聽到了一陣幽幽前來的唔唔聲；然後，轟隆隆地像春天的哈得遜大河的大冰塊開始鬆動了一般，整個鯨群都翻滾到內核裏來，彷彿要把牠們自己疊成一座大山。斯達巴克和魁魁格立刻對調了位置；斯達巴克站到艇梢去了。

「划呀！划呀！」他抓著舵槳，急切地悄沒聲兒的說——「緊抓著槳，提起精神來啊！天啊，伙伴們，準備好！魁魁格，你把牠推開呀——就是那隻鯨！——戳牠！——擊牠！站起來——站起來——好，就這樣！把船飛跳過去呀，伙伴們——划呀，伙伴們；不要管牠們的脊背嘍——搗牠！——把牠們搗開！」

這隻小艇現在差不多被夾在兩隻黑大的身軀間，在那兩隻長長的身軀間只有一條狹窄的達達尼爾海峽。經過了拚命的奮力後，我們終於像箭般射到了

一塊暫時算是空著的地方；於是連忙拚命划了起來，一面又急切地在找著另一個出口。經過了多次類似的九死一生的逃奔，我們總算迅疾地滑進了那剛才還是外圍，現在卻有幾隻瞎衝瞎撞的鯨攔著的地方，這些鯨都急於要衝到那核心裏去。這一個慶幸生還的代價真便宜，只損失了魁魁格的一頂帽子，當時，他站在艇頭戳那些亡命的鯨，他頭上的那頂帽子，被緊靠在旁邊一對闊大的裂尾突然一甩，便像一陣旋風似的給捲去了。

現在儘管像是天下大亂，烘烘亂亂，毫無秩序，但立刻又變得像是井井有條了；因為，牠們最後擠成緊密的一團後，就以加倍的飛速向前疾馳，再追也沒有用了。不過，小艇還蕩漾在牠們後邊，撿起那些可能被「得拉格」弄住了的、落在後面的鯨，同時又縛住了在那隻已被弗拉斯克打死了的鯨，給牠加上浮標。這根浮標就是一根細長的棍子，這種東西，每隻小艇都隨身帶著兩三根；一碰到近旁有不只一隻的獵物時，就把那東西直插進那飄來蕩去的死鯨身上，一方面用來在海上做個記號，同時也表示著有優先的所有權，萬一有其他任何船隻的小艇駛攏來的時候，就不至於弄錯了。

這一次放下小艇的收穫，似乎可用捕魚業中那種聰明的說法做說明，──鯨魚愈多，捉得愈少，在所有被「得拉格」扣住了的鯨中只捉到了一隻。其

餘那些暫時給脫逃了的鯨，以後就可以知道，只有讓皮庫德號以外的另一些船隻去捉了。　　　　　　■

【注解】

①原文為Grand Armada，特指1588年西班牙出征英國的艦隊，結果在特拉法加一役中，被英軍擊潰，一大部分為颶風吹毀。

②「嚇怕了」——原文為gallied，此字即等於gallow，為「嚇昏了」、「嚇壞了」的意思。這個薩克遜的古字，在莎士比亞的《李爾王》第三幕第二場中曾經出現過：「狂怒的天色，嚇怕了黑暗中的漫遊者。」

③波拉斯（公元前？～321？）——印度王子，公元前四世紀時為馬其頓王亞歷山大所征服。

④原注：抹香鯨，和其他的鯨類一樣（不過不同於其他大多數的魚類），一年四季都能生育；受孕期大概是九個月，每次只養下一隻小鯨；雖然有時也會有雙胞胎的情況。為防這樣的意外事件，因此牠們長有兩隻奶頭；乳部的位置非常奇特，生在肛門的兩邊，而胸脯卻跟它隔得頗遠。這種稀奇的部位偶然被獵人戳到的時候，母鯨所流出來的奶和血就會使周圍好幾哩的海水都變了色。鯨乳芳甜濃洌，人們曾吃到這東西，據說攙上野楊梅還要可口。鯨在彼此愛慕得情不自禁的時候，也會像人類一樣接吻的。

⑤本尼提克特‧阿諾德（1741~1801）——美國獨立戰爭中的將軍，參加薩拉托加之戰（1777年），後來投降了英國。

這本書的譜系：海洋文學
Related Reading

文：廖惠玲

《奧德賽》 *The Odyssey*

作者：荷馬（Homer） 年代：古希臘時期（約公元前八世紀）

古希臘吟遊詩人荷馬的史詩作品。故事敘述在特洛伊戰爭中，希臘聯軍中最聰慧，以木馬計攻破特洛伊城的奧德修斯，由於得罪海神波賽頓，因而在海上漂流十載，經歷了獨眼巨怪、食人族、魔女島、靈界等等奇特的遭遇，最後在諸神的協助下，才終於返家的過程。在古希臘人的觀念裏，海洋與生活息息相關，但其深不可測、破壞力驚人，令人敬畏，但人類頑強的意志力，並不輕易屈服。《奧德賽》在敘述上強力展現了當時人們對於海洋作為強大自然力的想像，在內涵上則歌詠了人類和大自然抗爭的精神。

《魯賓遜漂流記》 *Robinson Crusoe*

作者：丹尼爾‧狄福（Daniel Defoe） 年代：1719年

本書為英國作家丹尼爾‧狄福從一名蘇格蘭水手的真實經歷中得到靈感，所撰述的一本著作。故事描述青年魯賓遜寧可放棄原本優渥的生活，選擇當一名水手，閱歷冒險全世界。在一次航行中遭遇風暴觸礁，所有船員都罹難，只剩下他一人漂流荒島，在沒有食物、沒有居處、沒有船、沒有同伴，也無路可走的景況下，展開長達二十八年的荒島生活。《魯賓遜漂流記》雖然旨在描述主角魯賓遜如何於沒有資源的荒島上頑強生活，但對水手在海上的生活、經歷，以及遊歷世界的夢想亦多有著墨，而「漂流」的概念更是影響了許多海島國家的文學創作。

《海底兩萬里》 *Vingt mille lieues sous les mers*

作者：朱爾‧凡爾納（Jules Verne） 年代：1870年

法國科幻作家朱爾‧凡爾納的重要作品之一。故事開始於海上頻繁傳出「海怪」襲擊事件，驚動了各國政府。美國特別組織了一支有科學家和捕鯨手在內的武裝部隊，前去捕殺這頭海怪，卻大敗而歸，連帶折損了科學與技術人員。但這些落海的成員非但沒死，還因此發現「海怪」的真相──為一艘稱為「鸚鵡螺號」的潛水艇。潛艇載著一行人遊歷太平洋、大西洋、紅海、印度洋、南極、北冰洋等地，遍覽海底世界，並見識了海底動植物、海底洞穴、地形、遺跡，以及科學現象和海洋生態。本書為科幻冒險之作，許多情節來自於作家的想像，但所描繪的海底景觀具有相當的科學性及地質學根據。作家並在書中呼籲人類應該珍惜海洋資源、保護海洋生物，對人類以科技破壞海洋生態提出警告，凡此種種在百年之後逐一成為現實，令人佩服作家的「預見」能力。

《金銀島》 *Treasure Island*

作者：羅伯‧路易斯‧史蒂文生（Robert Louis Stevenson）　年代：1883年

為出生於蘇格蘭的英國作家史蒂文生所著。《金銀島》的寫作源自於某次作家陪伴孩子繪畫時，偶然完成的一幅海島圖。長期為病體所擾的史蒂文生，馳騁想像，結合多次和家人旅遊大洋的經歷寫作而成。故事裏包含了許多人們對海洋冒險的遐想：海盜、骷髏旗、藏寶圖、滿坑滿谷的寶藏、恐怖的傳染病、洶湧的波濤、善惡的衝突與對決等。史蒂文生因自幼體弱，經常臥床休養，既然不能親身歷險，便極力在作品中盡情享受曲折的風浪。再者由於他是個好父親，寫作故事也是為了與孩子分享，因此本書具有高潮迭起的豐富情節，也具備各年齡層都可接受理解的人性思考。

《冰島漁夫》 *Pêcheur d'Islande*

作者：畢爾‧羅狄（Pierre Loti）　年代：1886年

法國作家畢爾‧羅狄的代表作，他生長在一個近海的村鎮，看到鄰近漁村盡是些孤兒寡母，掙扎度日，景況悲涼，由此採擷了幾則漁民故事，改編撰成此書。《冰島漁夫》一方面向討海人挑戰大海的大無畏精神致敬，另一方面也對他們艱困的遭遇，以及必須隨時面對失去至親的漁夫家人表示同情。畢爾‧羅狄的觀察敏銳、筆法細膩，對景物的描述絲絲入扣，由於自小便嚮往水手生涯，成年後亦在海軍服役，走海超過四十二年，因此對於海洋的描寫層次深入而多元，頗有可觀。

《吉姆爺》 *Lord Jim*

作者：約瑟夫‧康拉德（Joseph Conrad）　年代：1900年

為波蘭裔的英國海洋文學作家約瑟夫‧康拉德的重要著作。康拉德對海洋有一種難言的鍾情，他花了近二十年的時間體驗海洋，並以海洋為場域，創作一系列的海洋小說，《吉姆爺》即是其中一部重要作品。《吉姆爺》講述一個大副吉姆在遭遇船難之初，不顧乘客安危，逕自與其他水手棄船逃跑；事後，良心受到譴責的他為了重新找回自己，四處流浪，最後在一座孤島上與土著相處和睦，並贏得尊敬，就在他認為得到救贖時，卻又無意犯下另一個錯誤，這一次，他選擇飲彈自盡。康拉德認為海洋是一個與世隔絕的封閉社會，大海的猙獰、嚴厲正好成為人性的試煉場，因此他的海洋作品中，經常可見赤裸、真實人性的呈現。

《老人與海》 *The Old Man and the Sea*

作者：海明威　年代：1952年

美國作家海明威在古巴創作的一部中篇小說。故事描述一名老漁夫，經歷了八十四天捕魚卻無功而返的行程，連助手都被家人強迫離開老人身邊。孤單的老人一個人駕船遠離海岸，終於遇到一條大馬林魚，經過兩天兩夜的奮戰，老人戰勝了大魚。但回程途中，大魚的血腥氣引來鯊群的圍攻。老人用盡所有可用的武器及智謀精力，趕走了鯊群，儘管最後帶回岸上的僅剩一副魚骨，他仍心滿意足。《老人與海》藉由老人與大海、大魚的拚搏，展現了一種從容面對失敗的氣度，以及從失敗之中重新汲取力量的希望。

延伸的書、音樂、影像
Books, Audios & Videos

《白鯨記》

作者：梅爾維爾 譯者：歐陽裕 出版社：志文，1984年

《白鯨記》從以實瑪利的第一人稱「我」出發，回憶追捕白鯨的過程，在極度痛恨、執意獵殺白鯨的亞哈船長帶領下，他們航向一段悲劇性的歷程，最終船毀人亡，僅餘以實瑪利生還，作為這段捕鯨旅程的見證者。原書共計一百三十五章，加上尾聲，內容結構皆極為龐大，此書為國內少見的全譯本，是為理解《白鯨記》全貌的途徑。

《尋找白鯨記》

作者：提姆・謝韋侖 出版社：馬可孛羅，2002年

本書作者跟隨梅爾維爾的旅行蹤跡，走過東加、印尼等南太平洋島嶼，並且深刻描繪捕鯨活動、海洋與獵人間的關係，成為一本巨細靡遺的遊記，結合文化和歷史脈絡，穿梭於《白鯨記》的想像與寫實間，不僅是對於《白鯨記》的深刻探索，更樹立了現代冒險故事的里程碑。

《航向長夜的捕鯨船───「白鯨記」背後的真實故事》

作者：拿塔尼爾・菲畢里克 譯者：李懷德 出版社：馬可孛羅，2001年

本書追尋了《白鯨記》的靈感來源──「艾塞克斯號」捕鯨船所經歷的駭人聽聞的事件。1820年，「艾塞克斯號」出海後遭到抹香鯨攻擊而沉沒，船上的船員們分別駕著小艇逃離，途中由於飢餓、疾病與恐懼，引發一連串面臨生存與人性的考驗。作者蒐集彙整翔實史料，試圖還原引發梅爾維爾創作《白鯨記》的故事，令讀者能更清楚地理解捕鯨真實與險惡的生活。

《勞倫斯論美國名著》

作者：D. H. 勞倫斯 譯者：黑馬 出版社：上海三聯，2006年

這本書彙集D. H. 勞倫斯對美國文學經典作品的評論與解析，深入分析梅爾維爾出版《白鯨記》前的兩部暢銷小說，以及針對《白鯨記》故事隱喻進行深刻的詮釋，不僅研究美國文學發展，亦分析了美國的文化變遷。

《白鯨記》電視原聲帶

作曲：克里斯多福‧戈登　發行：1998年

戈登為澳洲知名作曲家，所製作的《白鯨記》電視原聲帶獲得1998年「澳洲電影電視音樂獎」的最佳音樂與最佳主題曲，在澎湃旋律中可感受《白鯨記》如史詩般磅礴的敘事風格。

《白鯨記》

導演：約翰‧修斯頓　主演：葛雷哥萊‧畢克　發行：1956年

本片根據《白鯨記》改編為電影，並延攬當紅男星葛雷哥萊‧畢克為主角飾演亞哈船長，雖然出現對其演技的批評，然而這部電影仍舊獲得好評。

《白鯨記》

導演：法蘭克‧羅德丹　主演：派屈克‧史都華　發行：1998年

為結合澳洲、英國與美國所共同製作的迷你劇集，執行製片為以《教父》聞名好萊塢的柯波拉，獲得眾多獎項，其中延請曾飾演過主角的葛雷哥萊‧畢克客串其中神父一角引發話題，並因此獲得1999年金球獎最佳男配角。

《美麗南太平洋──無盡蔚藍》

製作：BBC　發行：2010年

本片以南太平洋的生物多樣性為主，探索鯊魚、海龜、抹香鯨、海豚等動物的生存，觀察豐富的珊瑚礁群，並且找尋各式各樣的野生動物，同時以《白鯨記》的故事為題貫穿，指出生存於這片美麗蔚藍海洋中的嚴苛挑戰。

淒麗地航向未知 白鯨記

原著：梅爾維爾
導讀：劉克襄
2.0繪圖：查理宛豬

策畫：郝明義
主編：冼懿穎
美術設計：張士勇
編輯：張瑜珊
圖片編輯：陳怡慈
美術：倪孟慧 戴妙容
邊欄短文寫作：廖惠玲
3.0原典選讀：鄧欣揚譯，遠景出版事業公司授權使用
校對：呂佳真

感謝北京故宮博物院對本書之圖片內容提供特別支持與協助

企畫：網路與書股份有限公司
出版者：大塊文化出版股份有限公司
台北市10550南京東路四段25號11樓
www.locuspublishing.com
讀者服務專線：0800-006689
TEL：886-2-87123898　　FAX：886-2-87123897
郵撥帳號：18955675
戶名：大塊文化出版股份有限公司
法律顧問：全理法律事務所董安丹律師
版權所有　翻印必究

總經銷：大和書報圖書股份有限公司
地址：新北市新莊區五工五路2號
TEL：886-2-8990-2588
FAX：886-2-2290-1658
製版：瑞豐實業股份有限公司
初版一刷：2011年2月
定價：新台幣220元
Printed in Taiwan

淒麗地航向未知：白鯨記 ／ 梅爾維爾原著；
劉克襄導讀；查理宛豬繪圖. -- 初版. -- 臺北
市：大塊文化, 2011.02
　　面；　公分. --

　　ISBN　978-986-213-233-3（平裝）

874.59　　　　　　　　　　99026253